W0324725

AU TEMPS SUBLIME

ÉDITIONS LA PEUPLADE
339b, rue Racine Est
Saguenay (Québec)
Canada G7H 1S8
www.lapeuplade.com

DISTRIBUTION POUR LE CANADA
Diffusion Dimedia

DIFFUSION ET DISTRIBUTION POUR L'EUROPE
CDE-SODIS

DÉPÔTS LÉGAUX
Bibliothèque et Archives
nationales du Québec, 2022
Bibliothèque et Archives
Canada, 2022

ISBN 978-2-925141-13-6
© LOUISE-AMADA D., 2022
© ÉDITIONS LA PEUPLADE, 2022

•

Les Éditions La Peuplade reconnaissent l'aide financière du gouvernement du Canada pour ses activités d'édition et remercient le Conseil des arts du Canada, la Société de développement des entreprises culturelles du Québec (SODEC) et le gouvernement du Québec, par l'entremise du Programme de crédit d'impôt pour l'édition de livres du Québec (gestion SODEC), du soutien accordé à son programme de publication.

Financé par le gouvernement du Canada | Canada

AU TEMPS SUBLIME

Louise-Amada D.

LA PEUPLADE **ROMAN**

DÉSASTRE

À LYON, NOUS ROULIONS NOS VALISES dans une nuit de saphir mat, épuisés, vidés de pensées, voyageant dans un train jusqu'à Paris où nous prîmes l'avion, mon corps alors piégé dans un ciel sidéral, ma main chassant l'ennui en dessinant ; mon feutre rouge crachait du sang séché sous la lumière drabe tout près du hublot gris ; le séisme de l'atterrissage, nos pas monotones sur le tapis à la suite de la file défilant dans des couloirs vitrés, les couleurs vitrifiées de mon dessin en suspens dans mon esprit sidéré alors qu'on me retenait d'heure en heure, tête plombée posée sur le genou optimiste de mon père, derrière une barrière et des cordons, passeport indigo confisqué et l'avenir et ses soleils brusquement pétrifiés…

Vers sept heures du matin, l'agent prit nos passeports. Mon père annonça fièrement que je cherchais à faire un doctorat. Mon directeur de maîtrise m'avait conseillé de l'entreprendre en Europe. J'avais vainement envoyé des dossiers en France durant deux mois.

L'homme regarda à nouveau mon passeport. Il lut le nom de mon pays natal. Il se mit à me poser beaucoup de questions. Pour mon père, tout était conforme. Pour moi, il y avait des choses à vérifier.

Autour de nous, depuis plusieurs heures, la file se faisait et se défaisait. Des adolescentes françaises en voyage de classe nous regardaient. Je les dévisageais parce qu'elles nous jugeaient.

L'agent m'emmena dans une pièce avec un bureau. Ma mémoire, fauve encagé, attrapait les couleurs au vol. Il me demanda si je me sentais en forme, puis il commença l'interrogatoire. Il me dit qu'il reviendrait.

On me conduisit dans une seconde salle. On me demanda de m'asseoir au fond et de regarder l'appareil photo. J'avais un regard de chienne traquée. L'agent patientait devant son ordinateur. Il était écrit qu'il fallait être deux pour prendre les empreintes digitales.

Sa collègue entra. Ils discutèrent durant dix minutes. La salle était crue, blafarde, éclairée au néon. Les comptoirs d'acier, le lavabo, les chaises, les gants chirurgicaux, les ordinateurs et les caméras m'écrasaient.

L'homme me fit venir à l'avant de la salle. Il me photographia avec un autre appareil. L'image était floue, ma peau verte sur l'écran. J'étais désormais dans leur cage numérique.

L'agente mit mes doigts secs et glacés sur le scanneur. Mes empreintes affleuraient timidement. Son collègue lui suggéra d'employer le savon du distributeur situé sur le mur du fond. Elle s'empara de ma main, y appliqua le liquide poisseux, me dit de frotter mes deux mains ensemble. Je me sentais sale, mais je m'exécutai. Elle reprit ma main et l'appuya contre la vitre. Des empreintes noires et grasses apparurent. Elle numérisa mes quatre doigts ensemble, puis mon pouce, puis chaque doigt séparément. Je me laissais faire, la main molle. Elle répéta la procédure avec mon autre main. Je pensais : *Je serai libre, demain je ferai ce que je voudrai...*

Elle feuilleta mon cahier de notes. Il était truffé de poèmes et de textes pour le doctorat. J'avais griffonné mes impressions de la matinée dans un coin et des interrogations sur le profilage racial. La dame me remit mon carnet. Je raturai le mot « agent », qui sautait trop aux yeux.

On me proposa un thé tout en me laissant seule dans la pièce un moment. Le premier agent revint une demi-heure plus tard. Mes pensées, depuis longtemps, avaient fui. Je m'évadais intérieurement.

L'homme me dit que je devais me rendre à l'Ambassade. Il m'enjoignit de le suivre. Mon père m'attendait de l'autre côté de l'Immigration. L'agent lui expliqua la situation. Mon père éclata en sanglots.

Il essayait de se contrôler, n'y parvenait pas, mais il écouta jusqu'au bout.

•

Nous courûmes dans Londres. Nous prîmes plusieurs trains, effectuâmes des transferts. Mon père devait retourner aux toilettes. Nous nous arrêtâmes au Victoria and Albert Museum. Nous n'avions pas mangé depuis la veille. Nous engloutîmes des aubergines gratinées, fades et aqueuses, à la cafétéria. Le thé noir au lait gras me rasséréna.

Le soir, je couchai quelques pensées dans mon cahier :

> *Je ne dors pas. Je regarde Londres du troisième étage d'un hôtel modeste. J'ai pour paysage un ciel rosâtre de brume froide et des maisons avec quelques lueurs. La ville m'est à la fois hostile et paisible. Je ne sais si je pourrai retourner en France ou si on me renverra sans bagages au Québec. Je suis au bord de la ville.*

•

Nous allâmes à l'ambassade de France où on refusa de nous recevoir. Nous nous rendîmes au Service des visas. Des gens défilaient dans un couloir. Nous expliquions notre cas. On m'avait confisqué mon passeport. Nous téléphonions je ne sais plus où en France. Nous demandions si on m'accepterait si je reprenais l'avion. Je prendrais ensuite un avion pour Montréal. J'avais leur aval. Je rappelais l'Immigration britannique. On me dit que je devais appeler la Sécurité à l'embarquement dix minutes avant d'entrer dans l'avion afin qu'on me rende mon passeport. J'appelais ma mère à Montréal pour savoir si je pouvais loger chez elle. Elle avait mis sa maison en vente. Elle venait de déménager. La maison serait vide, mais je pourrais y habiter le temps de me remettre sur pied.

L'horizon se déchirait devant moi, plus clair, plus cru et plus nu. Je retournerais à Montréal avec ma valise et tout à inventer. Pourrais-je vivre à nouveau dans cette ville sans être hantée par le souvenir d'H. ?

•

Le lendemain, nous retournâmes nous divertir au musée en regardant des textiles historiés. Mon père m'acheta quelques ouvrages pour mes recherches, mais ils excédaient la limite de poids de mes valises. Nous n'avions plus d'argent. Je lui laissai les livres et une partie de mes effets qu'il garda avec lui en Europe.

Les portes se refermaient devant moi. J'avais de moins en moins à perdre au fur et à mesure que je me dépouillais de mes pelures de confort. J'arriverais au Québec comme on arrive au monde : choquée et nue, dans la lumière éblouissante.

PARTIE I

OUBLIER H.

NOVEMBRE

J'étais de retour au Québec. Ma mère était venue me chercher à Dorval. Le ciel, dans le parc de stationnement de l'aéroport, nous abriait de bleu jovial. Novembre tout entier scintillait dans mes poumons. J'avais cherché ce froid-là tout l'automne, dépaysée par la morne tiédeur du climat lyonnais. J'avais voulu cet air cassant, de vitre, fêlé par ma respiration.

J'étais emmaillotée dans de vieilles sensations automnales. Des sueurs froides, la gorge sèche et le nez qui coule. Je me tenais à distance de ma mère et rêvassais en regardant le ciel. Que ferais-je, ne possédant que mes seules valises ? Je devrais trouver un emploi, je n'avais presque plus d'argent.

Ma mère m'installa. Elle m'offrit les courses à l'épicerie, souffla mon pneumatique, m'aida à faire mon lit. Elle me rassurait en me faisant visiter une maison que j'avais naguère connue et que je ne reconnaissais plus.

J'eus froid la première nuit. Je dormais trop près du plancher, des eaux glacées d'une maison vide. Les phalanges de ma main gauche mélancoliquement accotées contre le bois franc, je léchais ce vide orgasmique de solitude. Les bruits m'effrayaient. L'étage du dessous crépitait, peuplé d'ombres charognardes. J'appris, au bout de quelques jours, à localiser les craquements qui venaient des voisins du dessus.

Le lendemain, je réapprivoisais trois étages de murs nus et de pièces démeublées. Ma mère avait laissé des linges et des guenilles, de vieux draps tachés et quelques chaudrons dans l'armoire. Des oignons tristes et des pommes de terre germées languissaient dans la dépense, qui exhalait un remugle d'épices et de poussière. Je retrouvais l'odeur familière de notre quotidien dans le détergent Purex.

•

J'allais à un salon du livre. On m'offrit un recueil de poèmes de Joséphine Bacon qui me pénétra jusqu'à la moelle. Le soir, je fus conviée à une fête littéraire dans un bar. Je pensai à mes vingt dollars restants et aux miettes sur ma carte de crédit. Je déclinai l'invitation.

•

Je recherchais les téléphones gratuits de mon ancienne université. J'appelai S., qui me donna rendez-vous dans un café. Mon père m'avait laissé trois cartes Opus que j'essayai au hasard dans le métro et qui fonctionnèrent durant plusieurs jours.

S. était radieuse. Elle portait mes vieilles nippes avec indifférence. Ces débris de mon ancienne vie me rappelaient mon départ désastreux avec H. quelques mois auparavant. À l'aéroport de Nantes où nous avions débarqué pour nous rendre, moi à Lyon, H. à Rennes, notre poignée de main mièvre et notre embrassade sèche avaient signifié que nous pourrions nous quitter.

Nous nous écrivîmes par la suite, puis H. ne me répondit plus.

•

J'écrivais pour me dépêtrer du silence, mais écrire me paraissait fastidieux. J'empruntai des livres à la bibliothèque. J'ouvris *La Bâtarde* et lus les premières phrases. C'était donc ainsi qu'on écrivait un roman ? En mettant simplement l'écriture en marche ?

•

La maison était un vieil os. Le soleil, le matin, pénétrait par les stores et blondissait le bois franc. Je sortais dans la lumière empoussiérée. La nuit tombait tôt. Chaque jour, je m'achetais un falafel et une soupe à deux dollars au centre-ville.

•

Il faisait froid. Je me promenais dans la ville vide et me réchauffais avec l'hémorragie de mes souvenirs. Ce sang mouvementé m'envoûtait.

•

Je rencontrai S. au métro Laurier sous un ciel de ciment dull. Le soleil était une boule atone noyée dans le blanc. Les arbres stagnaient, la vigne s'asséchait. La montagne au fond ressemblait à un tapis-brosse. Nous cherchions du travail.

Les locaux du Centre se trouvaient dans un bâtiment délabré. S. m'expliquait comment chercher un emploi sur leur ordinateur. J'obtins un rendez-vous. Ma maîtrise était encombrante. On nous envoya à différents endroits. Nous nous inscrivîmes sur des listes d'attente de programmes d'aide aux artistes, on ne nous rappela jamais.

•

Mon extase était retombée. J'errais les mains dans les poches en songeant à mon avenir. Les pigeons aux ailes couleur pierre et les ombres me tenaient compagnie. De rares iridescences chatoyaient sous la lumière grise. J'arpentais les couloirs blafards de la bibliothèque. Si je lisais, si j'écrivais, si j'étais publiée, je m'en sortirais.

Le jour tombait, aussi froid que le temps. Quinze heures : de pâles platitudes et des couches de glace superposées dans le ciel se figeaient derrière les branches noires.

•

Je trouvai un emploi de caissière dans un entrepôt qui soldait les articles d'une librairie où j'avais aimé flâner avec H. On m'avait installée dans un magasin vide avec des livres et des babioles placés sur des tables et des présentoirs improvisés. Certains soirs, je courais dans un second magasin pour y terminer mon quart. Les gens entraient, je les accueillais avec entrain. Autrement, je lisais, avachie sur trois bacs de recyclage derrière le comptoir-caisse.

•

Pendant ce temps, novembre m'auréolait anarchiquement de son gris blafard et de son azur. L'automne était là, avec sa lumière fade et son soleil diffus, sa poussière, son froid, ses ombres et ses arbres effeuillés. Je redoutais déjà un peu la mort de l'hiver et d'apprendre celle d'H. Je m'étais fiancée le onze juillet précédent. Les grenouilles avaient coassé parmi les nénuphars. Nos mains s'étaient étreintes, nos annulaires ornés de bagues scintillantes et bon marché.

•

Lorsque la nuit, après le travail, je cherchais dans ma demeure le fabuleux foyer de jadis, le parfum douillet de la salle de lavage me réconfortait. La maison déserte s'enrubannait de mes songes bleuâtres.

•

Bientôt, l'automne mourrait. Là où, naguère, les grands érables avaient flamboyé, une ou deux feuilles cuivrées balançaient encore avant de se laisser choir au sol.

DÉCEMBRE

Je me précipitais dehors le soir. Je courais jusqu'aux cabines téléphoniques du métro. J'appelais H. Il était chaque fois deux heures du matin à Rennes. Mon angoisse grandissait. Son silence était le meurtre de ma sérénité.

•

Je passai Noël chez ma tante où je me soûlai. Je vomis dans l'évier du sous-sol et me perforai le pied avec un vieux clou en nettoyant mon gâchis. De claires éclaboussures révélaient sur le tapis bleu sombre ma souillure de la nuit. J'hallucinais qu'un relent de vomi régnait dans l'air. Je me voyais déchoir avec mon désespoir.

JANVIER

Le temps des fêtes passa. On ne me réengagea pas à la librairie. Je vivais toujours dans ma maison vide avec l'îlot chaleureux de la salle de lavage. Je m'étais acheté des cahiers d'écriture soldés. J'écrivais. Je trouvai un nouvel emploi dans un café.

•

J'appelais H., en vain, dans le froid brûlant de l'hiver. À la maison, j'écrivais dans l'escalier, les marches me servant de chaise, mes genoux de table. Je n'avais rien d'autre à faire dans mon dortoir. Je rentrais vers une heure du matin, je partais travailler le lendemain à huit heures trente.

•

J'écrivais, le temps s'arrêtait.

•

La maison est silencieuse. Il n'y a ni radio, ni télévision, ni Internet. Je me décharge de mon trop-plein de mots. Avant que je parte pour la France, S. s'était inquiétée du fardeau que seraient les cadeaux d'H. si nous nous séparions. Nos objets, désormais, à quoi serviront-ils ?

•

H. se promenait à Rennes pendant que je me morfondais à Montréal. Je contactai un de ses proches. H. allait à la fac, ses parents lui transmettaient mes messages. La voix s'éloignait, mes souvenirs se rapprochaient, m'étouffaient. Je raccrochais, la tête vide.

•

Ma solitude est un ballot léger. Je m'assieds
à une table, je lis. J'ouvre un cahier, j'écris.
Je bois une bière, je dessine. Je me promène,
je vais au cinéma, au café. Je mets ma
solitude au dos.

•

Le soleil pénètre par la fenêtre. Je me
couvre frileusement. H. s'endormait
avec un livre ouvert entre les bras. Je lui
prenais délicatement le livre, j'abriais
amoureusement son corps. Mon pneumatique
essoufflé se dégonfle jour après jour.

•

La journée avait commencé par un cauchemar dans lequel j'implorais H. de me reprendre. Son indifférence me déchirait. Je me réveillai angoissée. Je fus rassurée en émergeant dans le réel.

•

Je n'ai rien noté de particulier dans
l'éblouissante poudrerie de la rue S.-H.
Le ciel est d'un bleu hallucinogène. Il brille
de la lueur de mes obsessions lorsque je sens
que je peux tout faire.

•

Le matin est calme dans le centre-ville gris.
Je flâne dans une crêperie en face du café
où nous allions. Presque neuf heures, presque
l'heure d'aller travailler. La rue grouille.

•

Ma mère m'encourageait à poursuivre mes études, à me concentrer sur mon avenir, à ne pas laisser mes projets en chantier. Elle me reprochait ma vie en désordre. H. allait bien, H. faisait ses études, H. n'avait pas modifié ses plans. Ma mère me parlait à côté de l'amour.

FÉVRIER

Au restaurant, les plantes vertes et le soleil dans les vitres convoquaient l'été. Je retrouvais notre table, les lambris cerise, les murs de pierre, la cheminée, les planchers de bois, l'immobilité, l'ambiance des grandes vacances. Le lieu me déboussolait doucement, me défaisant de mes pelures d'angoisse.

•

En rentrant du travail, j'élucidai le mystère d'une nuit enneigée que nous avions passée à chercher le portefeuille d'H. Je retrouvai brusquement les teintes de notre ciel. Des titres s'étaient chicanés dans ma tête. Telle une peintre, j'avais essayé les couleurs : lavande, rose, blanc, gris. Les flocons avaient balayé la poussière rosâtre des réverbères, découvrant un ciel cobalt délayé dans du blanc. Le souvenir avait resurgi dans toute sa cohérence, avec son titre. C'était une épiphanie à minuit trente pendant que la chenille me chassait du trottoir.

•

Je me réveillais tous les matins avec une douleur au dos. Je soupirais. Où était passée la nuit ? Je me mettais en boule, j'étirais mon dos brûlant dans tous les sens.

•

J'ai terminé mon quart de travail. Mon corps était immergé dans l'hiver. Je m'assieds. Mon dos est enfin au soleil. Mes muscles s'amourachent d'un vieux dossier de chaise.

•

Le silence d'H. faisait fleurir mon écriture. La ville était une orfèvrerie de souvenirs. Je voyagerais durant l'été. Je retrouverais nos lieux lorsque le soleil pleuvrait sur la ville.

•

Je passais devant Lush. Nous y avions couru le printemps précédent. Je cherchais cet après-midi pluvieux au fin fond de l'hiver. Mes mains gelées gribouillaient des caractères couleur nuit dans mon cahier d'écolier. Mon écriture se fiançait au ciel. J'avais froid. J'entrai dans la Brûlerie St-Denis.

Dans les toilettes, je retrouvai la porte rouge vif, le calorifère crème éclaboussé de rouille, le carrelage lie-de-vin. Je nous revoyais à toutes les saisons. J'avais pour repères les tables de granit gris, les banquettes de cuir noir, les murs de briques, les murs rouges, le carrelage noir et blanc, le grand plateau noir avec ses verres renversés. Les décors adoucissaient l'absence d'H.

Mon bol de cacao était une sculpture de crème fouettée, une montagne, un tourbillon immobile sur lequel scintillaient des paillettes de chocolat. Des bulles de lait cacaoté flottaient sous la crème. Sous cette écume dormait une mer d'amertume.

La porte vitrée reflète le café. Un bout de ciel sombre, du treillis et des branches se disputent ce reflet dans la vitre. L'hiver a assassiné la cour.

•

Les flocons sous les lampadaires étaient des paillettes d'or qui virevoltaient au-dessus des trottoirs. Le silence d'H. me sidérait, m'éblouissait. Je me consumais à petit feu.

•

Je vis dans mes valises depuis août dernier. J'erre à la dérive d'un ancien rêve de vagabondage. J'ai l'épaule gauche endolorie tous les matins. La lumière pénètre dans la chambre vide. Les pièces croulent sous l'ennui. Je prends ma douche, l'eau bout dans un chaudron de fonte émaillée sur le poêle, je fais des lavages. Les vapeurs du Purex meublent voluptueusement l'étage. Mes livres de bibliothèque empilés au sol sont des îles d'espérance. Ce vide est un mirage de temps. Je n'ai pas de temps. J'entre, je sors de mon dortoir, je travaille tard au centre-ville, je rentre avec le dernier métro. Je flotte sur une vie en chantier.

•

Les rues dépoétisées du centre-ville m'offraient des saveurs nouvelles. Le gris d'une rue désensoleillée m'avait toujours déprimée, mais cet après-midi-là, je me sentais libre. Le ciel était une bâche d'immobilité bleu tiède tendue au-dessus de ma solitude. C'était fini. Je redevenais moi-même.

C'était fini. Ce n'était pas un point d'orgue. C'était un point final. Nous avions parlé au téléphone, de choses sérieuses dans le désordre, comme d'habitude. Nous étions samedi. Je rencontrais ma mère. H. m'avait appelée alors que je m'apprêtais à sortir.

Je m'enfargeais dans les obstacles du quotidien qui me faisaient perdre le fil de mes idées. Je mettais mon cellulaire dans ma poche pour gravir un escalier condamné l'hiver, un lendemain de verglas. J'escaladais les marches transformées en glissade en m'agrippant à la rampe. Je m'arrêtais devant les portes de la station de métro L'Assomption. Nous pleurions. Je rappelais H. en sortant du métro à Pie-IX. Je faisais le tour du marché Maisonneuve. Je lui disais que nous pouvions aimer quelqu'un sans vivre avec. Je fouillais, je cherchais, j'étirais les limites de mon imagination.

C'était fini. Nous avions pleuré. C'était fini. Notre couple était mort. C'était fini. Je me sentais légère. C'était fini. Je m'achèterais deux jupes fleuries pour le printemps qui viendrait.

Mon plus grand deuil était de ne plus pouvoir lui dire *mon amour*, de ne plus avoir l'espoir de nous revoir pour nous aimer n'importe où, à n'importe quelle saison. Je tremblais. H. ne voulait pas d'enfants. Nous pourrions réinventer notre couple. Pourquoi gâcher notre complicité avec les couleurs troubles de l'avenir ?

•

Je rentrais à pied du travail. Combien de fois avions-nous fait ce même trajet en revenant du cinéma tard la nuit ? Mon imagination me portait au-delà du boulevard de M., sur S.-L., puis tournait vers l'est. Je me disais, dans le vague, en regardant ce coin de ville abstrait, que j'avais habité là-bas jadis. J'avais des élans vers notre ancienne maison. Je m'enterrai dans les souterrains en attendant le métro qui me ramènerait vers ma maison vide.

En entrant dans ma chambre, je vis que ma mère y avait mis l'été. Je trouvai un tapis cerise tissé main, une catalogne rose clair et des taies d'oreiller aux pétales éclatants. J'avais l'impression de trahir l'hiver en fleurissant mon pneumatique avec d'aussi belles couleurs. La catalogne exhalait une odeur de lessive lointaine et florale, légèrement sucrée. Le tapis meublait le vide. Je me sentis enfin chez moi. J'accrochai des mitaines à four bariolées sur un clou au-dessus du lit.

•

Ma mère décrocha les mitaines et enleva le clou pour patcher le mur. Elle avait déshabillé mon mur. Sa nudité me déprimait. On allait, on venait dans la maison à vendre. J'étais sans cesse débusquée de ma tanière.

•

H. m'appelait alors que je descendais l'escalier du métro. Je lui demandai de me rappeler plus tard. Je n'entendais plus rien. Je raccrochai et remontai. J'avais une carte d'appel pour la France dans mon portefeuille. Je courais fébrilement dans le couloir souterrain. Je repensai à mes plans, à ma chasse aux appartements. Mars allait arriver et je n'avais pas encore trouvé. Je ne me passionnerais plus pour H. Je revirai de bord. J'écrivais dans le dernier wagon qui me portait vers le Plateau et ses appartements à visiter.

•

Je cherchais un logement. La ville pullulait de gens qui avaient un chez-soi. Je me promenais dans la rue R. Les portes et les fenêtres des immeubles me donnaient le vertige. Le ciel était vacant, trop haut, inaccessible. En bas, tout était occupé, trop cher. Un peu de soleil m'aurait aidée. Le vent me fustigeait.

•

Je trouvai un appartement situé au quatrième étage, avec vue sur la montagne, que la concierge me fit visiter en rechignant : elle avait de l'arthrite aux genoux et il n'y avait pas d'ascenseur. C'était clair et rénové. La vue était spectaculaire. Je me sentis immédiatement chez moi.

•

Cette demeure est un chantier de lumière.
J'y bâtirai mon présent avec des bris de rêves, d'espoirs et de réminiscences. J'écrirai devant la fenêtre qui donne sur le mont Royal.

•

On me refusait le logement. Je travaillais au salaire minimum. On me demandait une caution. Je devais déménager quelques jours plus tard, je n'avais toujours rien.

Je commençais à désespérer. Le froid me mordait sans répit. J'avais la hantise des punaises de lit. J'irais vivre n'importe où, je baisserais les bras, que deviendrais-je ? Je voulais m'en sortir.

Pourquoi toutes les portes qui s'étaient ouvertes miraculeusement devant moi se refermaient-elles ce jour-là ? Je regardais le plafond. Je voulais me pendre.

Mon menton tremblotait, j'avais mal au cœur. Un goût de sang remontait dans mon gosier. Je me laissai choir sur le matelas.

Mes gestes étaient sinistres. Ils brillaient d'un éclat surréel. Je posai mon classeur rouge sur mon pneumatique avec le poids de l'écriture en cours. Je sauterais lorsque le métro arriverait. Les murs orange sanguine de la station de L'Assomption ne me détourneraient pas de mon plan.

Je divaguais sur mon pneumatique dégonflé. J'avais pour paysage les murs décharnés d'une demeure vide et le blanc mortifère de février.

•

S. était ma lumière. Elle n'avait plus de maison. Je l'avais aidée à déménager ses effets à l'atelier qu'elle partageait avec treize autres personnes. Un sac de randonnée, un vieil oreiller, deux sacs d'épicerie réutilisables et une guitare dans une caisse. Elle avait plié bagage. Elle en profitait. Elle voyageait. Je devais être légère. Je ne possédais pas grand-chose. J'étais lourde du poids de mes pensées.

•

Les rails du métro me tendaient les bras. Je distinguais très bien les limites de ce saut halluciné que m'insufflait mon désespoir. J'allais bientôt avoir mes règles.

Mon père me rassurait au téléphone. Je pouvais l'appeler à n'importe quelle heure de la nuit. Il devait sentir ma détresse.

•

S. revient de New York. Elle m'inondera de rires. J'attends l'ivresse, mon lait de réconfort et les confettis de frivolité.

•

Je fermais tard. Le froid me renouvelait. Le sel poudrait les trottoirs. Cette voie lactée éblouissante m'évoquait les cieux de Van Gogh. Je concassais les grains vert jade qui crissaient sous mes bottes en me lessivant. Je pleurais, je charriais les mauvaises odeurs de désinfectant du café. L'étoffe unie du ciel, le scintillement de la neige et ma buée froide m'épuraient de toutes les toxicités du travail.

•

Je reprenais nos rues. Je n'étais pas encore retournée au parc Lafontaine. Je mesurerais mon chagrin lorsque je longerais le parc. Je me rapprochai de notre grille quotidienne. C'était fade. Le dégel m'aidait à prendre mes distances avec le souvenir. La banalité du paysage autour de notre demeure me ouatait. L'hiver brillait comme de la naphtaline sous le ciel ensoleillé.

MARS

Mon angoisse me donnait des palpitations cardiaques. Je me morfondais dans le noir en pensant que je mourrais seule. Jadis, blottie dans le lit auprès d'H., j'avais caressé sa peau chaude en me disant que nous vieillirions ensemble. Passèrent la nuit, mon sommeil, mes rêves, le lever du jour, le soleil. Je me réveillai saine et sauve, calme et tout illuminée.

•

J'aurai ma demeure hermétique ! Comme
je ne gagne pas vingt-mille dollars par année,
ma mère s'est portée garante.

•

Je signai mon bail et payai mon loyer. La porte ne fermait pas : demeure poreuse. J'avais encore quelques jours pour déménager. Je revenais par le parc Lafontaine. Glace bleue, ciel rose, arbres nus, lampadaires orange pointant sous les pastels. Les patineuses et les patineurs traçaient des arabesques dans la fin de jour. Il faisait froid, ma plume se figeait. Je me remis en marche parmi ce flot d'images qui tendait son fil entre le passé et le présent.

•

Trois heures du matin. Qu'avais-je l'année dernière à la même date ? Des projets en chantier, un départ pour la France à rater. J'avais H., mais nous nous disputions. Aujourd'hui, je l'ai sans chicane. Je me rendors avec cette pensée rassurante.

•

Je disais à ma mère que je pourrais me débrouiller seule pour mon déménagement. J'oubliais les objets qu'elle m'avait laissés. Je n'avais plus des journées entières à perdre à me mouvoir dans la ville avec des choses encombrantes trimballées dans des chariots.

•

Je rêve, je suis nostalgique. Mes longs cheveux mouillés ondoient dans mon dos. Je suis allée à la pharmacie. J'ai défilé dans les rayons. La Parisienne parfum Ensoleillé. C'était la fin de l'été, H. venait d'emménager au Québec. Les parfums, les scènes et les images se bousculent. Encore l'été, notre premier ensemble, nous venions de faire l'amour, nous sortions nous rafraîchir, nous achetions de l'eau pétillante à la mûre et des LINDOR rouges qui fondaient dans la bouche.

J'arrivais en France, nous faisions une épicerie, je choisissais, parmi les savons, Le Petit Marseillais au chèvrefeuille. J'ouvre un flacon de gel douche à la fleur d'oranger. Je suis ramenée en Bretagne. Je défais ma valise, je trie mes effets pour le déménagement. Les tissus que j'ai rapportés de Lyon baignent la chambre dans une langueur sous-marine.

•

J'étais triste en rentrant pour la dernière fois dans *ma* maison. Même une maison vide a son charme. J'y avais pris mes habitudes. Mes bains, mes veillées sur mon pneumatique avec un livre en attendant la fin d'une brassée, ma tisane posée sur le tapis tissé. Ma nouvelle demeure serait un cocon que je bâtirais tissu après tissu, parfum après parfum.

Le haut était gérable. La salle de bains était en chantier. Restaient les garde-robes. Toujours ce fond d'angoisse. Trois heures du matin : j'avais mis mon cadran pour six heures. Je ressassais le passé... Nous venions de réaliser que nous n'aurions pas dû dormir. Le temps avait filé insidieusement derrière notre sommeil.

Je descendrai les valises, les sacs. Je ferai les derniers lavages. J'emballerai la salle de bains après ma douche. Je garrocherai l'artillerie de cuisine dans une valise. Plus je reste éveillée, plus la boule dans mon estomac surit.

•

J'étais seule, je me le répétais en me réveillant. Je pensais à Violette Leduc, à sa solitude, à ses maigres déménagements. Elle me tendait les bras à travers les pages.

Mon pneumatique perforé me suppliait d'en faire une œuvre. Je l'emportai en cachette dans ma valise. Si j'avais dit qu'il avait été mon île, on m'aurait trouvée folle et ramasseuse de cossins.

Ma tante, sa blonde et ma mère m'aidèrent à déménager. Trois voitures, quatre femmes, quatre étages à monter à pied. Rien que des sacs et un petit banc de bois datant du mariage de ma grand-mère.

•

C'est ma première nuit dans mon nouvel appartement. Ma mère dort à côté de moi. Elle m'a fait des reproches sur ma vie, mais elle était là pour moi. C'est d'un grand réconfort. J'ai repris nos anciennes rues. Je devrai réapprivoiser notre marché. Il s'est refait, les choses ne sont plus à leur place. J'ai retrouvé ma buanderie, mon parc, ma liberté la nuit. Je sors prendre un café. Je suis passée devant notre demeure. J'ai effleuré notre ancienne vie. J'ai songé, rien que pour le frisson : H. m'attend en haut, H. joue sur son ordinateur.

•

Je me disputai avec ma mère qui me planta là sur le trottoir et repartit en voiture. Je traversai le parc Lafontaine un lendemain de tempête. La blancheur et le calme m'envoûtaient. Je me sentais libre de convoquer des milliers d'idées et de songer à ma nouvelle vie.

•

J'ai retrouvé un plaisir que je n'avais pas éprouvé depuis longtemps : m'acheter une soupe à emporter, la manger cosyment dans mon lit avec un livre. J'ai repris mes habitudes de célibataire. J'ai la neige pour me réconforter, le bleu féroce du ciel, mes cafés, mes restaurants ouverts vingt-quatre heures.

•

Il était près d'une heure du matin, je rentrais à pied. Une boule me serrait l'estomac. Cette note aigrelette, ce trémolo douloureux dans la gorge avant les larmes, c'était la nostalgie. Je passais devant des maisons que je reconnaissais, qui m'agrippaient au passage.

•

Je lavai mon linge dans notre ancienne buanderie. Elle avait été entièrement rénovée l'été précédent. Le lieu me paraissait triste et délavé. Il y avait un grand trou à l'endroit du bar à espresso qui n'avait duré qu'une saison. Je me sentais à l'étroit. Comment recouvrer ce lieu ? Par un été ensoleillé ou un après-midi de printemps pluvieux ? C'était peut-être mort, comme tout le reste. Les lieux fermaient, les lieux changeaient. La préposée me vit. Elle ne me sourit pas. Tout refleurirait. J'étais partie, puis revenue, cela nécessitait un temps d'adaptation. La grâce se produisit lorsque je retournai prendre mon linge. Je souris à la dame, je lui envoyai la main, elle me reconnut, me sourit à son tour et vint me parler.

•

Je sortais du dépanneur avec mes bières. Les bouteilles tintaient dans mon sac. Je savourais l'incongruité de ma solitude en traversant le parc sous les rafales.

•

H. était mon amour. L'or coule. Je voulais des enfants. Mes larmes coulent. Nous avions un avenir ensemble. Ma morve coule. Je me promène dehors, il fait froid. C'est morne. Je m'en vais travailler. Ma sueur coulera. J'ai lavé mes uniformes. L'eau de lessive a coulé. Le temps, les idées coulent aussi entre nous.

•

Ma liberté me trouait nue au seuil des heures. Durant mes jours de congé, je me perdais dans la ville. J'errais, c'était une liberté légère et sans éclat. J'étais dehors toute la journée ; je profitais du soleil comme des ombres.

•

Ni rien ni personne ne me dévalisera de mon espoir. Je voudrais vivre une vie sans rancune et sans amertume, sans larmes et sans nostalgie.

•

La veille de mes règles, je suis un paysage déchaîné. Coulent de vieilles blessures, de vieux tourments. J'engloutis tout ce que j'ai construit. J'érafle mon visage, je suis à fleur de larmes, je suis en pleurs, je suis muette au milieu de mes pleurs, je mue.

AVRIL

Le ciel brillait, le vent me rappelait la Bretagne, tout scintillait. Je revoyais les fleurs éblouissantes que nous avions photographiées durant notre voyage dans le Finistère. J'étais au bord du parc Lafontaine. La journée commençait par un naufrage de souvenirs.

•

Je vais perdre la tête. Nul abri. Nulle sécurité. J'ai été piquée par une punaise de lit. Les fauteuils de la bibliothèque étaient douteux. Tous mes vêtements dans un sac hermétique en rentrant. Gros lavage demain. Lavande partout dans la maison. Aurai-je peur de m'asseoir dans le métro ? Irai-je encore au cinéma ? Les lieux se retournent contre moi. Ce tremblement, ces larmes incontrôlables, d'où m'arrivent-ils ? C'est vaguement familier. Charpente, charpente, fortifie-toi. Ne te laisse pas abattre. C'est une simple piqûre.

Je rentrais à pied. Je marchais comme hallucinée dans nos rues, je reconnaissais les maisons, les enseignes, je pleurais, c'était un cauchemar.

•

Je me levai avec la tête lourde de projets de lavage avant le travail. J'allai dans la salle de bains. Je confirmai dans le miroir ce que mes mains avaient senti. C'était bel et bien le travail insidieux de la punaise qui abat la besogne dans les endroits qui lui sont accessibles. Un espoir : elle s'était peut-être refaufilée dans un fauteuil après m'avoir piquée.

•

Le centre-ville durant ma pause m'offrait pour ciel un bout de carton blanc, découpé entre les immeubles et les branches nues du square. Du gazon fade, des pigeons, de la neige sale, pas de soleil. Je posai mon gobelet de café sur un banc. La brûlure dans mon dos me lancinait. Je n'osais plus m'asseoir sur les bancs publics. Je remuais des souvenirs, puis retournai travailler en m'éloignant de l'odeur cendrée d'une cigarette allumée.

•

J'ai mon projet de livre, j'ai mon berceau pour cajoler ma tristesse. C'est dur, mais c'est rassurant.

•

Je reconnaissais ces rues ruisselantes de névasse et de soleil, le mont Royal au fond, une ombre bleue non dépêtrée de ses masses neigeuses, ce motif d'optimisme par une journée printanière alors que le paysage hiberne encore. La lumière vive faisait des étincelles sur les trottoirs.

•

Je retournai dans mon ancien quartier pour me trouver des pantalons de travail de seconde main. Je dépensais trop à la buanderie. L'hiver d'avant, en pleurs, j'avais dit à H. que nous pouvions avoir plusieurs amours. Notre conversation s'était perdue dans un terrain vague. La distance entre nous s'était amplifiée ; mes passions, mes larmes, mes supplications étaient tombées dans un gouffre.

•

Je voyage debout dans l'autobus 97 avec
mon sac et ma caisse de bières à l'érable,
la tête près de la trappe de secours ouverte.
Je regarde la dentelle des branches et du
ciel bleu. Je ne nous retrouve pas en cette fin
d'après-midi printanier. La nostalgie qui
m'étouffait ne me pèse plus. Je repêcherai des
bribes de notre passé en regardant dehors.

Nous guettions notre arrêt. De la poussière tombe sur l'après-midi éblouissant. La ville est grise, pleine de la nudité de ses arbres et de ses bâtisses. Je revenais à pied la nuit. H. me négligeait, mes amis ne me négligeaient pas. Je traversais le viaduc à vive allure. J'étais dans un nowhere. Mes déménagements, ma précarité. La montagne est au coin, dans l'horizon blafard. Le souvenir déserte. Changement de chauffeur d'autobus.

Je me revois avec S., errant de commerce en commerce, proposant de peindre leurs vitrines pour Noël. Nous avions été refusées par tous les commerces de la rue que nous avions visités un par un côté nord. Encombrement de commerces. Mon souvenir : le bleu de la nuit, le bleu de notre fatigue, notre chariot rempli de lavages que nous pliions sur la grande table du salon. Notre café vingt-quatre heures, nos punaises de lit, notre épicerie vingt-quatre heures de l'autre côté du parc, notre refuge pour déjeuner en après-midi.

Notre vie s'est disloquée, un bras en Bretagne, l'autre au Québec. Je me rapproche de ma demeure, ma mémoire se refermera.

•

Je fus réveillée par une démangeaison au pied droit. Je tâtai : pas d'aspérité. Je refusais de bouleverser toute la maison. Je remuais mon pied, j'attendais une révélation. Le temps ferait son œuvre.

•

J'enterrais mon désespoir dans mon appartement d'une pièce. Je sortis, je respirai, mes chagrins s'évanouirent. La brise sur ma joue me déchargeait de mon anxiété.

•

Où sont ces funambules qui se déplaçaient sur le fil frêle de l'été ? Trois semaines d'amitié, trois d'amour. Au milieu, un courriel demandant à H. de quel côté cheminer. Je me promène sur la rue S.-H. L'été, la rue était ensoleillée, ce n'était pas ce coin d'après-midi défleuri. Je regarde les chantiers de construction à l'abandon. À l'époque, tout paraissait plus beau, plus éclatant, plus vif. Nous nous promenions dans ces rues avec la légèreté de notre indifférence. Je les longe aujourd'hui avec le poids de notre passé.

•

Le temps filait, mon errance me ravissait. Je repoussais les choses à faire, les tâches, les délais. J'avais besoin d'espace et de temps pour étaler ma tristesse. Délayée dans le jour, elle me paraissait moins vive.

•

Odeur de soupe maison, cris d'enfants dans une cour d'école, une femme balayait son bout de trottoir, vie du Plateau. Le soleil étincelait, le soleil me poignarda.

•

Je disais à H. que je l'aimais encore. H. ne reviendrait pas sur sa décision. C'était dit sans dureté et sans passion. Je rabâchais. Pour moi, c'était pour la vie, nous avions du temps et de l'espace pour apprendre de nos niaiseries. H. revenait sur le mot *espace* : notre couple, c'était l'asphyxie.

•

Je me sentais mieux depuis que nous avions remis des limites. Je renaissais. Le dégel avait réveillé ma vitalité. Ma nostalgie était un relent de plus en plus faible.

•

Je prends un plaisir fou à rentrer à pied du travail. J'emprunte chaque fois un trajet différent. Ce soir, je reprends les rues paisibles où nous avions rejoint les parents d'H. Ces rues calmes et feuillues étaient mon filet de sécurité, tout comme son bout de rue que je ne reconnais plus. J'attendrai juillet. La vigne refleurira.

Je retrouve la bâtisse illuminée, avec ses lumières bleues, où logeaient les parents d'H. La nuit est fraîche, le ciel lavande, les branches grises font de la dentelle, les lumières coulent des lampadaires comme des lucioles. Cette rue vibre, cette rue est solennelle. En laissant H., j'ai retrouvé une liberté colossale.

•

Le moment arrivait où je pourrais raconter les premières pages de notre amour. Le temps s'adoucissait, mûrissait, se faisait de plus en plus sucré.

•

Je humais des odeurs de mousse et de lichen en frôlant les branches des arbres et des arbustes. Les bourgeons fleurissaient comme des poux. Mon errance dans la ville entre mes heures de travail au café était mon plus beau présent.

•

J'écris dans l'embrasure de la porte de la buanderie en regardant tomber la pluie. J'attends la fin de mes lavages. Les parfums sont vagues, le roulement des machines régulier, la rue fraîche et monotone, le ciel a une teinte indéfinie. Je respire des bouffées d'air froid, tout immergée dans des senteurs de pousses et de lessive. Les flaques ondoient. Les sacs verts abandonnés sur le trottoir prennent misérablement l'eau.

•

Temps frais, ciel blanc. Il était seize heures et je n'avais pas encore mangé. La journée me séduisait puisqu'elle était un tricot de mailles échappées.

Je m'achetai un sandwich à l'épicerie, j'allai au parc Lafontaine, mon bel endeuillé ce jour-là. Les arbres avaient la couleur des écureuils. Le vent soufflait sans répit. Les branches délicates formaient un voilage compact au loin.

Je flânai dehors toute la journée. J'avais les jambes un peu fatiguées. Je pris la rue de l'ancienne demeure d'H. Lorsque je passai devant sa résidence, j'y vis pour la première fois une bâtisse triste et délaissée emprisonnée dans des parkings.

De la fenêtre, nous pouvions voir l'asphalte,
mais la pluie mirifiait l'été. Dehors était
une forêt pendant que nous faisions l'amour
sur un lit simple.

•

Il pleut. Les gouttelettes se rapprochent.
Bientôt, je devrai serrer mon cahier.

•

Les pigeons s'envolent, le vent soulève
la poussière. Je traîne, je me dépayse dans
des coins laids et sombres. Le ciel est bas.
Il vente fort.

•

Ce printemps se prend pour l'automne.
Il fait un froid de pierre mouillée. Les arbres
ressemblent à des saules pleureurs.

•

Une punaise de lit œuvra dans mon cou. Je portais cette piqûre, fine et délicate, comme un bijou. Les portemanteaux du café étaient toujours en désordre, les casquettes poussiéreuses traînaient par terre. J'avais remarqué ce qui me semblait être une piqûre sur le cou d'une collègue, au même endroit que la mienne, la semaine précédente. Les punaises, dissimulées derrière les crochets, en profitaient pour s'infiltrer dans nos manteaux.

La laveuse détruisit mes habits. Mes uniformes délabrés pendaient comme de vieilles loques sur mes deux sèche-linges.

•

Je découvris une seconde grappe de piqûres sur ma peau. Que d'insécurités dans ma solitude ! Pourquoi regarder en arrière puisque je faisais face à l'avenir seule ? Mes bassines de serviettes sanglantes à laver. On viendrait chez moi pour remplacer le frigo et la moustiquaire. Mon désordre me décourageait.

MAI

N'était-il pas drôle comme un petit pan de rue pouvait se détacher du reste de la ville ? Je regardais la rue de notre premier été. Les arbres fleurissaient et gazouillaient avec allégresse. Déjà des feuilles aux arbustes : les sensations se rapprochaient.

•

Il a plu. Je me remémore mes errances dans le quartier. Je rentrais, mon amour m'attendait. La nostalgie m'a quittée avec la fin de l'hiver comme une pelure en trop. Les lieux brillent encore d'un éclat surréel, mais je les tiens à distance.

•

La Brûlerie St-Denis était déserte. Les gens flânaient aux terrasses. J'avais retrouvé mon coin près de la porte vitrée. Dehors, je voyais des arbres frêles, un semis de samares, une clôture en bois, un mur de briques, un coin de ciel ensoleillé...

•

En rentrant du travail, je me dirigeai vers la rue U. avec l'espoir que ses cerisiers en fleurs exhaleraient le parfum suave qui me replongerait dans l'été. La rue était sombre, les fleurs frileuses m'éblouissaient. Je retrouvai le coin où H. avait pleuré. J'avais courtisé l'amour en essuyant des larmes sur un visage bouleversé. Son inquiétude quant à l'avenir. Je partirais pour mon festival, je reviendrais, H. s'en irait quelques jours plus tard. Le lendemain, juste avant mon départ, je lui avais écrit en signant *Je t'aime*. Cette saison fulgurante de six semaines avait été la plus belle de ma vie. Il avait plu souvent. J'avais lu, je m'étais découverte. Nous avions traîné dans des cafés, fait l'amour. Puis la déchirure d'un départ, la séparation, l'impossibilité de nous réconcilier avec cette saison où tout avait été possible. Je m'étais promis de ne pas trop ressasser le passé. Je passais devant l'édifice où, l'été précédent, j'avais rejoint H. à un congrès. C'était déjà plus gris, mort, moins charmant.

•

Notre quartier, c'étaient ces frondaisons resplendissantes sous la lumière. Je marchais à l'ombre des lilas dans notre rue. Ils débordaient de la cour d'en face.

•

Je me promenai la nuit avec S. et son ancien amant, P., avec plusieurs bouteilles de vin rouge et du haschisch. Nous bifurquions dans les sentiers. Superbe vue de la ville en hauteur, plongée dans un noir d'encre avec çà et là l'ambre des lumières au loin. Je m'enfargeais dans les bordures des trottoirs. Chez P., je fus soudainement frappée par une lumière aveuglante, mes genoux fléchirent, S. me rattrapa et me fit asseoir dans un fauteuil. Mes oreilles sifflaient. Je me réveillai très déprimée le lendemain matin.

JUIN

S. quittait son atelier. Elle me redonna plusieurs tissus. Je retrouvai notre ancienne nappe estivale. Elle avait encore le même bleu trop optimiste de l'attente.

•

En août, je prendrai l'autobus 747, je referai
le trajet monotone du retour de l'aéroport
et décrirai ma nostalgie tout envahissante,
la stérilité des trottoirs, le vide de la ville
après le premier départ d'H.

•

Cinq ans plus tard, à la fin de l'été, rien.
Les préparatifs pour un autre départ.
Notre désordre, les crises, l'insomnie, les
divertissements, les souterrains. J'ai peur de
sombrer de nouveau dans le gouffre de cette
saison d'ennui. Notre pneumatique dans le
salon, H. toujours en pyjama. Mes réveils à
cinq heures du soir lorsque le jour mourait.

•

S. vint à vélo me porter nos anciennes imprimantes. Nous bûmes un café avec du miel et du lait de chèvre au pied de mon immeuble. Je la trouvais si belle et si épanouie !

•

Quelque chose se tramait. Les souvenirs vibraient lourdement dans l'air de la ville. La porte de balcon était ouverte, le ciel était bleu et les nuages très blancs, la journée ensoleillée, les arbres verts et touffus, le mont Royal superbe. S. était à New York pour l'été. J'avais des heures désespérément vides devant moi.

Quinze heures vingt-cinq. Prendre une douche, sortir. Écrire. Composer. L'été généreux.

Une mouche frétillait à ma vitre qui donnait sur du bleu. J'étais dans mon lit, terrassée par des milliers de projets. J'écoutais le chant bruyant des oiseaux dans les arbres, paralysée.

•

Je fis une halte à la Brûlerie St-Denis avant d'aller travailler. C'était calme, en dépit du bruit assourdissant du ventilateur. Le balancement des feuilles dévorées de soleil me berçait. Un érable du Japon rougeâtre s'enflammait au milieu de la cour. Les pollens virevoltaient. C'était un émerveillement que de les voir papillonner dans la lumière. Les arbres des cours alentour formaient un toit de verdure. Les moineaux chantaient en continu. Je contemplais le scintillement des pollens qui s'élevaient et qui parfois, amalgamés, retombaient au sol. Mon thé noir aux fruits et aux fleurs s'harmonisait avec les pépiements clairs et le bain immobile de la lumière.

•

Je me réveillai à onze heures. J'ouvris la porte de mon balcon. Il pleuvait. Je m'étais imaginé une journée ensoleillée. De ma fenêtre, je voyais des arbres verts et un arbre fleuri. Le mont Royal, en arrière-fond, était bleu, enveloppé dans une pellicule de brume. Lente mélopée des gouttes d'eau qui s'accrochaient à la rampe de mon balcon. Je sirotais mon thé noir à la lavande. C'était une matinée de travail.

•

Que se tramait-il dans la lourde chaleur de l'été ? Un orage, l'anticipation de l'orgasme, le flux timide à l'orée du sexe, la rencontre de nos deux corps dans la ville à la terrasse d'un bar il y aurait bientôt six ans. Je traversai le parc Lafontaine, la ville était en fête. C'était une fête sourde et intérieure. Où irais-je le onze juillet suivant ? Je serais de tous les lieux.

JUILLET

Il était près de treize heures. Été blanc, chant des oiseaux, fracas des camions dans la rue. L'air vibrait. Les jours couraient vers l'*événement*. J'avais lu *L'Affamée* à Rennes dans une chambre de Cité U. Je m'étais engoncée dans les décors surréalistes, la passion, le désespoir, la paranoïa sans savoir que je me fabriquais mon propre *événement*.

•

Me manquaient les nuits calmes passées dans notre café aux petites heures du matin, l'atmosphère de vacances, le temps perdu à ne rien faire, l'intimité pure et nue, la simplicité, les moments de repos, pressions et angoisses dissoutes, le temps filant, invisible, ayant cessé d'exister, le temps sans parents.

•

C'était la fin du jour, le ciel se diaphanéisait, le vent remuait dans les grands arbres feuillus, personne aux balcons bleus ; deux bougainvilliers suspendus se défeuillaient sur le trottoir. J'écoutais le bruissement des feuilles un peu sèches mais encore bien vivantes, un bruit de milieu d'été que je connaissais bien : c'était celui de notre petite rue dans la nuit lorsque j'avais accompagné H. jusqu'à sa résidence.

•

Juillet était là derrière la porte du balcon où tremblait mon rideau, blanc, sans pli et sans ride autre que le cri des oiseaux et le roulement des voitures. Juillet m'avait traversée, j'avais voyagé de l'hiver à l'été.

•

J'étais en retard dans mon emploi du temps. Je lisais. Je devais faire des lavages avant d'aller travailler. J'étais submergée par les souvenirs. J'avais une boule gluante dans le ventre et les vêtements à fleur de peau. Je bataillais avec la nostalgie en me remémorant les choses qu'H. m'avait fait découvrir au premier été.

•

Pourquoi ce dégoût, cette révulsion, ce regret, cet amour, ce malaise, ce carnage d'émotions trois jours avant le sixième anniversaire de notre rencontre ?

•

J'étais à la pharmacie. Ne pas pleurer. Passer la caisse. Me dépêtrer du brouhaha des voitures. Prendre une rue neutre, sans souvenirs d'H. L'été était une saison sans fond. J'allais à l'ombre. Je ne manquerais pas le soleil. Je n'avais qu'à traverser la rue pour le retrouver. L'été, une saison en fleurs. Dire que l'hiver précédent, je m'étais déchirée dans le vent et le froid. Les automnes, je manquais de lumière, je me réveillais trop tard, je ratais l'or du soleil. Nous nous précipitions dehors, anémiques, avec l'anéantissement de ma colère et mes sursauts de rage de vivre.

Je n'avais plus envie de pleurer. Cela n'avait été qu'un spasme qui s'était dissipé dans la ville.

•

Il faisait frais, le ciel était bleu, le vent retournait les feuilles, la fontaine jaillissait. Je me rendais au travail à pied. J'étais bien calée dans l'été. Que se tramait-il dans le bruit des oiseaux ? H. avait été nostalgique lorsque je lui avais dit que notre ancien bar n'existait plus. Les trèfles fleurissaient. Le parc ne changeait pas. On tondait l'herbe et les fleurs. Je me demandais comment H. percevait notre ville. Chaque fois que je lui parlais du passé, je me heurtais à de l'indifférence, de l'ennui ou du désintérêt.

ONZE JUILLET

Il est près de seize heures. C'est une journée bleue et très ensoleillée. Mon onze juillet en fleurs. J'ai pénétré dans la buanderie embaumée. À cette heure-ci, je devais tresser mes cheveux, choisir un pantalon parmi les uniformes bleu marin de ma mère, soigner l'angle de mon chapeau... Je mettais une veste à pois et à fleurs criardes. J'arrivai au bar avec les mains dans les poches. Aujourd'hui, je ne vois que des fleurs et du soleil. La rue M.-R. brille. Plus tard, j'irai prendre un scotch sur une terrasse. Je crains un débordement émotif.

Je revenais de la buanderie, je regardais le ciel, très bleu, très haut, il y avait un léger tremblement dans l'air, c'était subtil, minutieux, délicat. Ce voile se déplaçait avec moi dans la ville ensoleillée. Ce n'était pas de la joie. Ce n'était pas de la nostalgie. C'était une sorte d'anticipation continuelle, une jouissance transparente et prolongée que la pureté du ciel soutenait.

Rapporter mon lavage à la maison, trouver un cadeau pour la fête de ma mère le plus vite possible afin de pouvoir vivre pleinement ma journée de rue en rue, de café en café.

Je m'arrêtai dans un petit resto chaleureux de la rue S.-L. Je crevais de chaleur, malgré le ventilateur. Un moucheron me piqua alors que j'écrivais. Le soleil de fin de journée coulait comme du vernis sur les tables, des reflets de ciel ondoyaient au sol comme de l'essence. Le temps filait, la journée était si courte ! Tout était trop beau, je me méfiais, j'attendais la crise. J'avais anticipé cette journée, elle était presque suspecte. C'était mon onze juillet en fête parce qu'il faisait beau dehors, parce que je ne travaillais pas, parce que je me sentais belle, parce que je ne me sentais pas seule, parce qu'il y avait tant à faire que je n'aurais pas le temps de m'ennuyer, parce que mes pensées filaient à toute vitesse, parce que le rêve me portait.

Cadeau pour ma mère trouvé et emballé, j'étais prête pour la ville et ses souvenirs. Si je ne quittais pas ma demeure, je raterais tout. Je sortis sans livre. Que ferais-je seule à la terrasse d'un bar pour me distraire ? Le soleil diminuait, il faisait plus frais. J'avais laissé mes effets à la maison. Je m'étais faite légère pour le souvenir.

La veille, en rentrant du travail, j'avais été à la fois épuisée et dans un état d'excitation indomptable. J'avais eu plusieurs orgasmes. J'avais vibré, prise dans le tangage d'un vaisseau sur la mer. À quatre heures du matin, j'avais voulu défaire mes nœuds de tension afin d'être une toile vierge pour l'*événement*.

Le jour mourait dans le parc. Les globes des lampadaires se noyaient dans une forêt de reflets verts. Je me dirigeais vers les bars en terrasse de la rue A.

Le soleil sombrait au nord. Au sud s'élevait une pleine lune opaline dans un ciel pastel. Je passais devant les étals de fleurs du marché Saint-Jacques. Tout était plat, plus rien ne vibrait. Vingt heures trente. Le jour agonisait.

Je traversai le boulevard de M. Je retrouvai notre terrasse. Place morte. La lune brillait comme un lampadaire.

Le soir tombe, nous quittons le petit bar
de la rue A. Nous nous promenons sur S.-C.
La rue piétonne nous ouate. Nous
atterrissons dans le trafic. Nous arrivons
sur S.-D. Nous nous frayons un chemin
parmi le bruit, la musique, la foule.

Je gravissais la côte de la rue S.-D. Il se tissait tant de faux souvenirs dans les vrais. Je retrouvais partout notre premier été avec ses familles en vacances, sa musique, ses lumières, ses terrasses, ses guirlandes et ses spectacles de rue.

Notre ancien restaurant s'était enterré dans un sous-sol. Je ne retrouvais pas l'arc-en-ciel du premier été. L'entrée avait été humble, le lieu agréable avec ses fenêtres claires et son buffet. Nous avions dîné dans une atmosphère chaleureuse. La ville, la nuit, le viaduc m'avaient dépaysée. Nous avions bu quelques verres sur le toit d'un bar.

Je retrouvais le brouhaha et la veille éternelle de la rue piétonne. Le ciel paraissait saphir derrière les guirlandes de boules roses. La foule était clairsemée. Dans mon souvenir, il y avait eu plus de gens au premier été. Les commerces avaient changé, mais le lieu était pareil à lui-même.

J'entrai dans un de nos bars. Je fus submergée. Je retournai chez moi, je pris une douche, bus du gin et ressortis à la hâte. Je chassais fébrilement les moustiques de mes bras en longeant le parc.

S.-C. serait-elle encore en fête ? Dans les rues perpendiculaires, c'était mort. Danser seule. Je me dégonflerais.

Je pénétrai à nouveau dans le bar. Je m'assis seule au deuxième étage. J'écoutais un karaoké qui s'éternisa. Je migrai dans un club.

Deux heures quarante du matin. Je marchais croche. La nuit était silencieuse et sans étoiles. Une voiture ralentissait, m'attendait. J'étais sur un coin de rue désert. Le conducteur me hélait. Je le regardai droit dans les yeux et lui montrai mon poing. Il me suivait. Je lui fis un immense doigt d'honneur et m'engouffrai dans le parc.

Je rentrai saine et sauve dans mon foyer. J'avais la nausée. J'étais déçue : ma foudroyante ivresse ne rivalisait pas avec la nostalgie du premier été.

JUILLET, LA FIN

Je me levai tard. J'eus des orgasmes sidérants. Je regardais mes doigts gluants et empoissés. Qu'est-ce que je venais de vivre ? Mes jambes étaient deux faiblardes, un essaim vibrait dans mon entrecuisse. J'étais aveuglée par l'orgasme, fulgurée par l'oubli.

Je m'étais donné du plaisir, les yeux clos. Les bruits d'anciens orgasmes avaient défilé sous mes paupières. J'avais gémi et crié plusieurs fois près de la fenêtre ouverte. Le liquide n'avait pas atteint les draps bien que trois de mes doigts en fussent recouverts.

•

Quelque chose dans la blancheur du ciel, dans la lourdeur de l'air, me poussait à errer dans la ville. J'avais retrouvé l'atmosphère du premier été en sortant du café.

•

Où situer la mort de notre amour ? Dans mon insatisfaction perpétuelle ? Dans l'enfermement progressif d'H. ? Dans notre inertie ponctuée de soubresauts d'excès ?

•

H. m'avait dit que c'était fini. J'étais allée dans notre chambre. Comment quitter H. brutalement ? Je n'en avais pas le courage. Je m'étais vengée durant son absence. J'avais séparé tous nos effets. J'étais perdue. On cognait aux portes de l'étage. Je me réveillai avec un sentiment d'angoisse aiguë. On venait vérifier les alarmes-incendie.

•

J'ouvris les rideaux et la porte du balcon. Ma demeure était un chantier de sacs en désordre. Je changeai l'eau rougie dans mes bassines. La maison sentait la lavande, le propre et le sang frotté. Le ciel au-dessus de la montagne était un contraste de nuages sombres. Je me rappelai le lait dans le frigo, le cacao dans l'armoire. J'ouvris le sachet qui renfermait la poudre au parfum amer et versai le lait dans un chaudron. Les agglomérats de cacao éclataient comme des cosses en exhalant leurs arômes. Jadis, je me réveillais avec l'odeur des crêpes au beurre, du cacao et du sirop d'érable.

•

Il était près de dix-sept heures. J'avais jeté mes pourboires par erreur à la poubelle. Mes quarante-sept dollars étaient en route vers le dépotoir. Une lumière surréelle illuminait la ville alors qu'en arrière-fond, des nuages indigo plombaient le mont Royal.

AOÛT

La chaleur était étouffante, le temps moite, le soleil hissé trop haut dans le ciel.

•

J'errais dans le quartier pendant que mon matelas, enduit d'un insecticide naturel, séchait. La salle de recyclage au rez-de-chaussée était perpétuellement encombrée de matelas jetés. J'avais fait des lavages toute la journée. Il était près de vingt-trois heures. Qu'est-ce que cela voulait dire, rentrer la nuit par notre rue ? Un couloir vaguement familier, sans plus, qui ne laissait pas de sensations fortes. Des balcons, des arbres sombres et un ciel ratissé. Je m'arrêtai devant notre demeure. On avait coupé le colosse qui y vivait. L'horizon terne donnait sur l'autre côté de la rue, plus rien devant notre fenêtre, de toute manière, nos rideaux avaient toujours été fermés.

La rue A. était d'une banalité vertigineuse. Je m'en allais vers un paysage qui se défaisait. Je voulais reprendre le tissage serré des rues au nord. Je revirai de bord.

•

Les gens me regardaient transporter ma table à travers la ville. J'avais mal aux paumes, mais j'avançais la tête haute, fière d'avoir enfin un espace de travail aménagé.

J'avais vécu sans table et sans chaise durant deux-cent-cinquante-neuf jours.

•

L'été vieillissait, ramollissait, ses feuilles pâlissaient. Nos conversations étaient régulières et banales comme la chaleur. Chaque semaine, j'aimais entendre la voix d'H., douce et fatiguée comme une berceuse.

•

Je me promenais la nuit dans des lieux familiers à la recherche d'anciennes sensations. Il n'y avait plus de courant dans l'immeuble, j'étais sortie. J'errais du côté de S.-L. et de J.-M. Je reprenais les mêmes ruelles crasseuses que j'avais jadis empruntées pour me rendre chez S. Nous avions alors trouvé des vêtements, de la vaisselle ancienne, des salières-poivrières, qui croulaient sous la pluie battante derrière sa demeure. S. dans sa jupe à cerises ramassée dans la rue et les tissus fleuris que j'avais rapportés. Le bois de construction pris dans des bennes à ordures pour construire une mezzanine. Nous avions peint le vestibule et la salle de bains avec des couleurs vives. Entrer chez elle, c'était pénétrer chaque fois dans un arc-en-ciel vertigineux. Elle avait peinturé ses portes d'armoire en rouge et en jaune avec des acryliques récupérées dans la rue. Ces couleurs violentes avaient conféré de la chaleur à cette petite cuisine où nous avions partagé tant de beaux moments.

Aujourd'hui dans le quartier, tout est plus neuf, reconstruit. Jadis, tout semblait plus vaste, en ruine. Toujours ce sentiment réconfortant d'être plongée dans l'obscurité, dépaysée, en voyage. Nous nous immiscions dans des fêtes. Nous apportions l'alcool, les joints, notre énergie.

•

Je fermais les yeux. Du rouge en furie criait sous mes paupières. Nous étions dimanche. J'avais travaillé treize heures d'affilée la veille pour ne pas travailler ce jour-là.

•

Mon sexe vibre. Je me plains comme une chienne dans la chaleur de l'après-midi vide. Je comprends que je fais corps avec mon fantasme : je crie.

•

Le soleil était confit, la lumière généreuse et abondante, la chaleur écœurante.

•

S. prend de l'acide et va avec une foule bruyante sur la montagne. Je travaille tous les jours au café. Je ne peux pas la suivre. Je ne le voudrais pas. Il y a quelques jours, nous fumions du haschich dans un terrain vague. S. voulait aller dans les hautes herbes. Elle venait tout juste de me parler de l'herbe à puce du campement où elle avait passé l'été en me montrant des photos de ses mains couvertes de pustules. Ma paranoïa augmentait. Elle semblait vouloir prolonger ses aventures extraordinaires de l'été et voyait en moi leur version édulcorée. Violemment, elle m'a saisi le poignet et m'a entraînée avec force dans le champ. Je me sentais ridicule et perdue. Je me suis ressaisie, je l'ai engueulée. Mes pensées fuyaient, je me dédoublais, je m'éloignais d'elle. Du vin rouge, du whisky, des promenades la nuit, oui. Mais S., qu'attend-elle de moi ? Nous semblons ne plus trop nous rejoindre.

•

S. affirmait que l'acide briserait les barrières érigées par mon corps. J'y songeais, mais je craignais que cela n'explose aussi celles de ma santé mentale. S. ne pouvait pas comprendre : elle n'avait peur de rien.

•

Ce soir, je suis plongée dans un ahurissement muet. Plusieurs des lieux où nous allions sont désormais fermés, mais je n'aurais jamais cru que notre rue tout entière aurait cessé d'exister.

•

Dans la chambre, il y eut mes cris avec H. remémorés, leurs bruits anciens résonant dans ma tête ; mes contractions démultipliées, ma bouche près de l'oreiller, hésitant à le mordre ou à gémir ; puis mon cri étouffé, mon corps vibrant plus longuement qu'à l'habitude, mon sexe s'étant soulevé du matelas.

•

Personne ne me répond. Dehors, la lumière est surréelle. Est-ce que je ne devrais pas me jeter par la fenêtre ? Si je sautais du quatrième étage, est-ce que je survivrais ? Rien n'avance, tout est stérile. Je pensais à cela tout en me donnant plusieurs orgasmes.

J'ouvris un cahier vierge. Les pages crème me regardaient. Mémoire contre page blanche, le visage d'H. affleurant au gré du papier, avec ses taches de rousseur éclaboussées au printemps. Sur l'écheveau de mes souvenirs, au fil des mots, la chevelure d'H. flamboyant au soleil. De l'azur miroitant, la peau diaphane, l'ombre des yeux sépia, l'épais trait des sourcils qui cernaient son visage, ruissellement de sueur dans la touffeur d'un été diluvien, une haleine surie, un souffle empâté et des arbres chargés de verdure. L'été était cobalt, mais la nuit se parait de cendres.

Le silence arrivait, la terreur me prenait. Je réglerais mes comptes une fois pour toutes avec mon corps. J'avais traîné mes pieds las du travail à la maison. Mon uniforme noir me collait à la peau comme un maillot. Juillet avait laissé sa trace larmoyante de nostalgie. Désormais, août m'assaillait.

J'oublierais H. Je voulais retrouver le désir puissant, le désir sans, le désir avant H., le désir seule et plonger dans un scintillement orgasmique. Les mains maladroites, tremblantes, le corps épuisé après neuf heures de labeur, arrivée tard la nuit après une heure de marche dans la moiteur d'août, j'épandais mon corps nu dans la fraîcheur des draps sous ma catalogne en charpie. Je me donnais du plaisir. Plus je plongeais, plus je m'engouffrais, plus je m'éloignais d'H. C'était un train à grande vitesse qui menaçait d'anéantir tous les souvenirs qui naguère m'avaient obnubilée. Une fois les vibratos arrivés, je sombrai dans un vide amnésique qui aspira toute la ville et ses images hémorragiques.

PARTIE II

JOURNAL DE MES ORGASMES

J'ÉCRIS LÀ. CRÛMENT. Du lieu de ma jouissance. Sans pudeur et sans complexe. Sans désir d'être désirée. Sans désir de provoquer du désir ailleurs que dans mon corps livré au temps sublime de l'orgasme.

AOÛT

Ce corps, je veux le voir jouir, le porter à son paroxysme jusqu'à ce qu'il retombe comme un mort dans l'incoercible pesanteur du temps. Je veux le voir se raidir, trembler, crier et dans sa fulgurance, décharger.

Je pense à ma langue sur le sexe d'H., sur la chose d'un territoire désormais innommable, la chose métamorphosée, tuée par la langue. Je veux ressentir ce nœud, le dilater de plus en plus jusqu'à l'orgasme.

Nos deux corps enlacés sont irrémédiablement plongés dans le passé. Pourtant, d'anciennes images, vivaces, fourbes et indélébiles lui survivent et me circonviennent. Mon corps attelé au sien que je baisais par derrière avec un gode ceint dans un harnais de cuir noir, j'attendais les trombes de lumière auréolant l'anus, les frémissements, les spasmes, le cri déchirant la chambre, l'immobilité et ses nappes de sueur après la jouissance.

Aujourd'hui, je n'attends que mon plaisir. Cela pourrait me rendre nostalgique, mais c'est en fait une délivrance.

Je patauge dans mes fluides. Je tends vers l'éjaculation. Un mirage ravale sa lumière.

Les bruits reviennent dans la chambre. La mouche, au plafond, poursuit sa trajectoire entêtante, vrombissant follement. Alors que j'écris, le désir m'incendie et me convie à un nouvel orgasme. Je pose mon cahier et me le donne.

Au troisième orgasme, j'ai en tête l'image d'un noyau d'ombre, d'une araignée tissant sa mort dans mon sexe. Du noir profane se profile sous mes paupières closes. J'erre entre deux désirs, un de sommeil, l'autre de jouissance, sans savoir lequel primera. Mon sexe s'ouvre et se referme dans un infini proche. Mes doigts, au bord de mes nymphes, s'acharnent sur un nœud violet, s'enlisent dans ma cyprine.

Je continue à délier, mes doigts pétrissant mon clitoris. Le plaisir l'incise de plus en plus profondément. Je me raidis.

Je parviens à l'orgasme, ses secousses sillonnant mon corps en tous lieux. J'écris à plat ventre et la pression sur mon pubis éveille d'autres étincelles de désir.

SEPTEMBRE

Le premier défrichage de mon corps a lieu, après le sang. J'aime faire ainsi couler ma cyprine. L'odeur arrivée immédiatement après les règles est la plus exquise du monde : c'est ma senteur primitive, mon humus radical, ma terre zéro.

Une femme crie dans mon corps, dans ma tête. Une femme démultiplie ses cris. J'essaie d'insérer en moi le fin objet de silicone mauve jadis offert par H. J'éprouve une brûlure. Je ne comprends pas cette violence ; j'ai très peu conscience de mes frontières. L'objet peine à me pénétrer. Il se heurte à plusieurs barrières : peau, peur, panique.

De mon autre main, je caresse mon clitoris et tout se dénoue : le corps, le vagin, la tête. J'alterne entre un plaisir à l'orée du sexe et un plaisir profond.

J'ai trois orgasmes. Je me repose avec l'objet inerte en moi. C'est d'une stérilité tiède, rafraîchissante.

Je retire l'objet. Il traverse le même couloir interminable. La violence est encore là, avec sa brûlure.

Soudain, un bloc de désir noir, avec son lot d'images fossilisées, tourmente mes entrailles. La chaleur sévit dans mon con. Je taille dans mes ténèbres. Je me fissure. L'objet passe rapidement. Je heurte de la lumière, la fenêtre est ouverte, mais je crie à nouveau.

Au quatrième orgasme, je ressens un plaisir profond, près de la vessie, un ruissellement d'ambres. Je continue : à plat ventre, sur le côté, en branlant mon clitoris, mes jambes entrelacées, mes cuisses contractées. La pluie camoufle mes cris, mais je sens bouger de l'autre côté du mur. Les voisins sont réveillés.

À l'approche du premier orgasme, une boule dure se forme sous mon doigt. Cette gemme de lumière vive recèle tant de possibilités de plaisir inouï que je mords l'oreiller de toutes mes forces pour ne pas crier, à deux heures du matin, seule dans la nuit.

Je suis dans une chute vertigineuse d'orgasmes. Ma cyprine colle aux poils que j'écarte en me branlant à plat ventre. Je m'installe toujours ainsi pour sentir le flux sibyllin couler sur mes doigts.

OCTOBRE

Mon cœur bat très fort. Je repose ma tête sur l'oreiller, près du martèlement qui m'inquiète vaguement. Mes doigts dévient de leur trajectoire. Tout mon corps, subitement, s'accorde. La lumière ruisselle près de ma vessie.

Les liquides s'enchaînent. Je ne les dissocie plus. Des maillons de plaisir se nouent partout dans mon sexe. J'apprends à naviguer jusqu'au second orgasme. La cyprine afflue. Je m'arrête, épuisée.

Mon doigt s'agitant sur mon clitoris et l'objet en moi cherchent à étreindre la lumière engouffrée dans mon sexe, font vibrer mon corps pour que sourde cette chose aveugle. J'enfonce plus profondément l'objet sans savoir ce qu'il heurte et défriche au passage. Ce sont des géographies incertaines : j'ai seulement conscience de me ruer vers la clarté.

Les orgasmes viennent, entraînant leurs bruits de gorge et soupirs rauques, creusant en moi leur sillage. Au dernier, j'écarte mécaniquement mes jambes secouées de spasmes. Je retiens encore, longtemps après la jouissance, l'image de leur V grotesque : deux impudiques s'ouvrant au plaisir.

Je retire l'objet. Il y a du sang vermeil à son extrémité. Mon doigt est recouvert d'une écume laiteuse au parfum écru.

À l'approche du second orgasme, une clarté inouïe inonde mon vagin. Mes jambes composent avec le plaisir profond qui naît dans mon sexe. J'ai l'image d'un boudin de lumière empli de liquide prêt à inonder le drap. Il y a l'éclaboussure de mes cris tachant le silence des murs blancs qui m'entourent.

NOVEMBRE

Après le premier orgasme je baigne, paupières closes, dans la clarté du plaisir, prête à m'endormir, mais une irrépressible curiosité me pousse à poursuivre mes caresses. Je soupire et gémis, pourtant tout crie en moi que j'étouffe. C'est le traumatisme de la nuit où j'avais dû quitter l'appartement avec H. parce que les voisins nous entendaient faire trop bruyamment l'amour et cognaient contre le mur de notre chambre. Le lieu devenu dès lors insoutenable, sachant qu'ils écoutaient.

Cette nuit-là, j'avais éjaculé, mon sexe mû par les titillations envoûtantes de la langue d'H. Je m'imaginais que la tache sous mon corps était notre alliage de sueur, de cyprine et de salive. Ce nimbe humide sur le drap était de l'éjaculat. H. en avait reconnu l'odeur familière, me révélant la chose sublime que j'avais recrachée.

Une voix lointaine, détachée de mon corps, crie de jouissance. Je me contracte et retombe faiblement sur l'oreiller après chaque orgasme.

Troisième. Je comprends la fragile épiphanie thérèse-et-isabelléenne des genoux pourris de délices. *Cette affolante lumière, qui irradie dans les jambes et ravit les pieds jusqu'aux orteils, me traverse fugitivement.*

Quatrième orgasme. Il y a de l'étonnement, une douleur blanche et du plaisir à la fois. Je me dépouille de mes fantasmes. Je n'ai besoin de personne : la jouissance me féconde. Ce qui est mystique, sacré, inexplicable pousse sa lumière pour émerger de mon sexe et m'éclabousser.

Le plaisir profond et les rythmes irréguliers du cœur ne sont pas la petite mort dont j'ai tant entendu parler : je suis plutôt passée de l'autre côté de la vie, d'une réalité plus éblouissante et plus intense.

Je promène l'objet à l'orée de mon sexe. Le plaisir va et vient, coursant follement entre les sensations sur mes muqueuses gluantes et la tension à la lisière de mon vagin. L'objet se déplace sur des coussins humides et vibrants, les gonflant démesurément. L'orgasme surgit brusquement, avec fracas.

Ce qui se joue est très près de la mort, avec les rythmes irréguliers de mon cœur qui, par moments, cesse de battre, l'épuisement de mon corps, puis les violentes pulsations qui composent avec mes contractions. J'essaie toujours d'étreindre la lumière engouffrée dans mon con.

Il n'y a pas de pénétration, seulement l'image de la lumière, suppliante, dévorante. La cyprine abonde. Même glissement de mes doigts dans une marée de fluides. Un orgasme, au passage, débloque mon dos. Le craquement résonne jusque dans ma moelle. Et puis vient le dernier orgasme : une surprise et un éblouissement. Le plaisir sillonne des zones de plus en plus profondes, m'éclaire tout entière. Je retombe sur l'oreiller, molle comme une chiffe, pendant qu'irradie une vague lumière dans mon sexe.

DÉCEMBRE

Il y a une vibration fine et cristalline, tel un filament se détachant dans une ampoule électrique. Mes jambes tremblent, mon cœur bat trop fort. Ce sont de faux départs, des contractions multiples arrachées à leur finalité. L'orgasme prend tant de temps à venir que je réinvente la petite mort. Le plaisir brûle vif et rouge entre mes lèvres.

L'orgasme déchire mon sexe d'un trait brutal. Un couteau de lumière me traverse, puis une douleur subite sur le clitoris, l'envie d'uriner. C'est terminé.

Je trace d'inlassables huit autour de mon clitoris : c'est d'une intensité bouleversante. Mon index torsade vertigineusement, défaisant et refaisant la chevelure complexe du plaisir. Trois spasmes fulgurants contractent mon corps. Un cri étouffé émerge de ma bouche.

Après mon orgasme, la chambre baigne dans l'odeur délicieuse de ma cyprine, l'odeur asphyxiante mêlée à celle de mon urine. Je ramasse, dans ce parfum, les dernières mèches hérissées d'une jouissance échevelée.

J'ai été souillée par une phrase magnifique en amont de l'orgasme. Le plaisir est un orage qui foudroie les draps défaits. J'écris en attendant le métro, dépouillée des images que mon plaisir a éveillées. Mes sensations sont le plus souvent des choses mystérieuses, fugaces et impénétrables, indissociables de l'instant.

J'ai trop chaud. Je contracte mes muscles. J'ai un cri terrible, des secousses. Je retire l'objet couvert d'un fluide indéchiffrable.

Je continue. Mon cœur ne bat plus régulièrement. Je suis essoufflée. Je ferme les yeux. J'esquisse des formes bleu électrique sous la densité fauve de mes paupières. Une splendeur aqueuse, au parfum âcre, fuit entre mes cuisses.

Je branle rapidement mon clitoris. Je crie puis, jetée hors de moi sans amarres, une chose fougueuse gicle au sol. Une flaque se forme. Je me penche, je regarde, je touche, je porte le doigt à mon nez. L'odeur est fragile, chargée d'un vague soupçon d'urine. Je me branle plus férocement. Vient un deuxième orage qui fraternise avec le premier.

Du liquide coule le long de ma cuisse. Deux flaques se sont mariées. C'était un plaisir fulgurant, plusieurs sites épars en mon corps concourant à mon éjaculation. Cela venait d'une source sourde : j'avais éjecté une oasis secrète.

Je photographie les flaques d'éjaculat. Elles semblent se donner la main, de leurs longues éclaboussures digitées. Avant d'éjaculer, j'ai éprouvé une vive détresse. Puis, je l'ai fait : irréversiblement. J'ai laissé le liquide chuter et tout éclabousser autour de moi.

Je suis languide. Mes grandes lèvres gonflées sont des coussinets de confort. Deux orgasmes clitoridiens ont provoqué l'éjaculation après l'acharnement du silicone dans mon sexe. Mes jambes tremblaient, m'emportant tout entière dans leur séisme. L'objet butait au plus profond de mon être. J'avais peur de ce qui arriverait. Puis, le plaisir a afflué, m'a dépassée, inondant tout au-delà de moi.

J'urine. Le liquide flue d'un autre ciel. Un matin, après qu'H. m'avait fait jouir violemment, j'avais senti que j'urinais différemment. J'avais écrit : Mon sexe est un gâteau des anges, un nuage traversé par une pluie d'urine. Une légèreté plus obscure et plus lumineuse me traverse ce soir.

Je découvre que mon corps est une fontaine.
Que l'éjaculation est un éblouissement.
Je sais désormais que mon corps peut vibrer
et recracher son plaisir. La fulgurance
est réduite à une flaque sur le sol de la salle
de bains.

Longtemps, j'ai été frustrée de ne pas pouvoir libérer mon plaisir de manière plus éclatante. Chaque orgasme charriait l'image d'une implosion. Je retenais ce qui bouillonnait en moi. Je me libérais à travers un cri, des contractions, mais je gardais intérieurement l'image d'un refoulement. Cela même si mes orgasmes me satisfaisaient profondément. Toujours là, la curiosité de pousser plus loin, de me dépouiller, de ne rien retenir, comme le sang.

La présence d'éjaculat est lumineuse. Mort, mon sexe. L'absence d'éjaculat est lumineuse. Mort en sens inverse. Dans mon corps et au-delà, c'est le même désert, la même immensité fulgurante, le même seuil d'infini à transcender ; le même firmament, le même tombeau, le même feu.

Mes poils se hérissent sur ma peau. C'est un inconfort surréel, vaporeux. Je suis entraînée malgré moi dans la virtuosité du plaisir.

Aux deux derniers orgasmes, j'éjacule quelques gouttelettes. Du liquide ruisselle le long de mes cuisses. Mon sexe est high. C'est un état flottant, un état de grâce.

Plusieurs sensations se chevauchent en moi. Chaleur, gel, tépidité. Mon sexe est abstrait. Je ne le sens plus. Il ne vibre plus. Il est au diapason de l'invisible. Détaché de moi. Je l'ai vidé de ce qu'il possédait. Je sens mes jambes. Je vois mes seins. Mes cheveux roulent leurs boucles sur mes épaules jusqu'au milieu de mon dos. Mon sexe, lui, est plongé dans une telle gravité qu'il a cessé d'exister. Il n'y a rien entre mes jambes et mon ventre. Je n'aurais jamais imaginé que l'absence m'allégerait.

La flaque qui luit est de la moire froide. J'ai tant brodé sur la petite mort. Je lui préfère l'épiphanie d'un sexe qui se dérobe, sublimé par l'orgasme.

La pièce est empreinte d'une vague odeur d'urine, proche de celle qu'exhalaient les draps quand H. éjaculait avec le dildo bigarré perdu dans son corps. L'effluve de mon plaisir me fait échouer sur les rives vides du passé.

Je ne ressens ni ne perçois mon sexe. Un mort a émigré loin de mon corps.

J'urine. C'est un jet mièvre comparé à l'éjaculation. Je me repose. Je flotte, allègre et quiète.

J'ai deux orgasmes. C'est satisfaisant. Pourtant, j'ai du feu là où je me suis touchée : je pourrais jouir encore. Je craignais que l'éjaculation ne devienne une obsession, une voix de tête continuelle, un but, un horizon me gâchant le paysage diversifié de mes orgasmes. C'était faux. Je n'étais pas dans un état émotif propice à l'éjaculation. Mon corps et mon esprit ne l'ont pas cherché.

JANVIER

J'ai peur du cri que je pourrais libérer dans la salle de bains. Je contracte mes muscles pour faire jaillir du liquide qui n'arrive pas. Je m'acharne à le convoquer, orgasme après orgasme.

J'ai d'abord pénétré mon sexe, couchée dans mon lit. Quand j'ai senti que je pourrais éjaculer, je suis allée dans la salle de bains.

L'orgasme éclaire un demi-tunnel qui m'éblouit momentanément. Je m'arrête, émue, mais cela augure d'autres voluptés.

L'objet heurte mon point G, puis il le dépasse.
Je me regarde dans le miroir, de plus en plus
déconcertée.

Mes jambes tremblent. J'ai trop chaud ; je suis
inquiète pour mon cœur. Je sens qu'il pourrait
éclater avec l'orgasme.

Une trombe de lumière m'embrase tout
entière. J'expulse l'objet avec mes fluides.
Une flaque splendide resplendit au sol.

J'ai l'hiver dans mon con. Blanc, gelé.
Le plaisir est d'un bleu sans faille.

L'objet, forant mes moiteurs par degrés, s'entiche d'une lumière totale. Je heurte une liberté troublante, jamais touchée auparavant. Je ne peux tomber, puisque là-haut dans le plaisir, je porte rageusement le soleil.

Deux notes plaquées dans un intervalle sublime ébranlent mes profondeurs. J'oublie que l'objet est en moi. J'attends quelque signal intérieur qui m'indiquera de poursuivre.

L'objet hiberne, se fait absence. Tant mieux : une présence m'agacerait.

Les orgasmes viennent en cinq minutes. Il n'y a aucune fulgurance, seulement un froissement dans mes profondeurs. Les nerfs s'éveillent à l'orée de mon sexe. L'objet a dû glisser un peu en dehors du vagin. C'est un mouvement d'une douceur absolue.

L'orgasme se joue dans la lenteur. J'œuvre subtilement autour du col de ma matrice. L'objet courtise une zone de plaisir diffus mais très puissant.

Les sons s'assoupissent. J'ai chaud aux tempes. Mes oreilles se bouchent. J'ai un voile devant les yeux. Je suis projetée dans un monde où les sensations sont sourdes autour de moi. Ouatées. La torpeur gagne peu à peu mes muscles.

Encore deux orgasmes et, dans leur sillage, l'ambiguïté d'une seule goutte au sol. D'autres orgasmes sont possibles. Je relègue l'objet dans les replis de ma serviette de bain.

Je me regarde dans le miroir. Ma bouche répond au plaisir. Mon visage devient le reflet déformé de mon sexe.

Le sang me monte au front. J'ai les pieds glacés. J'attends l'éclosion sacrée.

Une note profonde et prolongée dans mon clitoris pendant quelques minutes, suivie de branlades violentes, provoque la décharge. J'éjecte une chose épaisse et blanchâtre qui se prend dans mes poils : un long filet de glaire que je fais jouer entre mes doigts comme des billes.

J'accorde mon orgasme à la surdité de mon cœur qui a cessé de battre. Lorsqu'il se rétablit, je poursuis les va-et-vient dans mon con. Mon index œuvre majestueusement autour de mon clitoris alors que mes jambes, serrées et contractées dans une frénésie ondoyante, me font vibrer comme un lustre. Je m'arrête à cause des battements sourds, lents et lointains de mon cœur qui semble quitter mon corps.

J'ai l'impression vertigineuse d'un trou noir s'ouvrant à l'avant de mon sexe. Je me convulse férocement en étreignant longuement l'objet.

Deux autres orgasmes se succèdent à quelques minutes d'intervalle. Fulgurants. Indescriptibles.

J'effectue les mêmes mouvements que pour éjaculer, sans toutefois le faire. Cela m'anéantirait. Je ne suis pas disposée à un tel épuisement.

Je sillonne l'espace bleu du plaisir, l'espace indéfini. J'ouvre une brèche avec mon cri, à l'endroit de la chambre où mes orgasmes affluent. Le silence est détruit. Le silence refleurit. Les voisins remuent. Je sors du lit, agacée par ces ombres de présence.

Tout a ralenti. Mon cœur bat sourdement, irrégulièrement, loin de moi. La petite mort se tisse entre le possible et l'impossible. Mes doigts filent sur ma vulve. L'intensité et la profondeur des caresses croissent. L'orgasme parviendra-t-il à se frayer un chemin parmi ce chaos de fluides ? Il vient abruptement, dans un souffle, avec ses secousses prolongées, emportées.

Mon sexe se prend dans un écho qui lui renvoie sans cesse ses contractions. Au lieu de mourir, ces dernières s'intensifient. J'attends la chute qui viendra leur ravir la voix. Plusieurs petites morts m'éblouissent successivement, faisant résonner le plaisir dans une plainte excentrique, comme pour l'éloigner de l'éclat.

Au troisième orgasme, mon cœur bat à deux endroits, sourdement.

Mon con est chaud et engourdi. Je continuerais, mais mon cœur m'inquiète. J'ai déjà dû m'arrêter ou ralentir plusieurs fois pour reprendre mon souffle.

Je crie. Mes doigts s'ensevelissent sous des avalanches de cyprine, gantés par elle, sans que le liquide n'atteigne les draps. Mes poils sont mouillés, mes grandes lèvres gonflées à outrance d'avoir tant bu.

Je sens qu'elle va venir, la fleur qui dévorera mon con, ma chair, mes nerfs. L'orgasme arrive brutalement, avec un soupir ; mon corps se convulse, se soulevant du matelas dans un spasme de jouissance, mon cri déflorant la chambre, un bruit rouge s'écrasant sur la blancheur du silence comme un fruit mûr.

Au troisième orgasme, je retiens dans ma mémoire le bruit qui coule de ma bouche comme d'une source mirifique : un gargouillement étrange, mon corps convulsé vers l'avant dans le même épanchement du trop de désir à déverser.

Le dernier orgasme se perd, anonyme, entre mes battements sourds. Un feu violent embrase mon con, puis s'apaise, mais le mouvement ne se rend pas à mon cœur : je crois, un moment, qu'il s'est arrêté. Il bat, dans un état second : je le sens à peine pulser, faiblement, comme un pétale fragile. Comme s'il agonisait, n'ayant plus la force de cogner ma peau.

Je ne sens plus mon sexe. S'il se soustrait aux sensations, c'est qu'il n'a plus lieu d'être. Il n'est nulle part et c'est peut-être ça, l'orgasme dévorant : celui qui, en débordant, m'affranchit de ma conscience.

Je fracasse un bloc de lumière brute. Je ne crie pas. Mon corps se tend, secoué de spasmes plongés dans leur éternité. Je m'affale sur mon oreiller, prise d'une somnolence si subite qu'elle menace de me faire succomber avec l'objet prisonnier de mon sexe.

Je heurte mon point G. C'est désagréable. L'objet fourrage dans une zone qui me donne envie d'uriner. Lorsque je sens que je vais jouir, je cherche une couverture pour ne pas mouiller les draps. Je mets l'oreiller dans ma bouche, j'entends les voisins, et je jouis, soulevée par un plaisir aigu. J'expulse l'objet de toutes mes forces. Un bruit guttural se détache de ma bouche mordant l'oreiller, mon corps encore arqué. Je palpe les couvertures : muettes.

Au quatrième orgasme, mes fluides bruissent à fleur de sexe. C'est douloureux de revenir au point G. L'objet suit le cours de sensations intriguées, éblouies. Je découvre une zone bienheureuse sur laquelle je boute. La lumière arrive brutalement.

FÉVRIER

J'éjacule pour la première fois dans mon lit. Je découvre la douceur sauvage des tissus inondés. Après mon orgasme, je mets mon alèse dans mon panier à linge sale. J'ai la singulière obsession de toujours devoir me détacher du plaisir.

Je me heurte à une impasse au fond de mon vagin après un cinquième orgasme bouleversant, chacun des cinq se croyant le dernier. Les images me fuient.

Je frissonne. Je digère ce que mon sexe a dévoré. Je sens mes liquides prêts à jaillir en un dernier effort. Je retourne dans la salle de bains et j'éjacule à la fin d'un orgasme foudroyant.

J'aime le pouvoir purifiant de mon sang menstruel. Après ce liquide rouge, tachant, disloquant tout sur son passage, je retrouve ma cyprine, fraîche et neuve, à l'odeur virginale. C'est un répit du désir, car durant mes règles, je n'en éprouve aucun. Il se refait des forces pour renaître, amplifié, lorsque ma sève exquise afflue renouvelée à ma vulve.

MARS

Mon sexe explose trois fois. L'objet se perd dans des flots de cyprine chaude. J'ai en tête l'image de ma vulve comme une figue mûre, ouverte à un plaisir extrême.

Je sors dans la rue. Je marche en donnant l'illusion d'être intacte. Personne ne sait la révolution qui s'est déroulée dans mon corps. Je détache ces fragments du plaisir pour les disséminer dans la nuit et les laisser errer loin de ma mémoire close.

Cinq orgasmes époustouflants, ravis du clitoris et du lieu miraculeux de l'éjaculat. Ma vision gelée, prisonnière de sa ligne oscillante, impossible à sortir de son ahurissement hallucinatoire, tout vacillant autour de moi. Sur mes doigts, les parfums alchimiques de ma jouissance, mon sexe répondant à la fixité béate de mon regard.

Après ces orgasmes, ces frissons et cette tension surréelle dans mon clitoris, mes bras et mes jambes, j'anticipe la finale éclatante d'une éjaculation qui fera vibrer les notes cristallines qui m'entourent, ce qui arrive. La brûlure sur mon clitoris invite à nouveau à la jouissance. J'éprouve des sensations confuses, de chaud et de froid.

Je branle vigoureusement mon clitoris, faisant sourdre des myriades de bruits et d'images excentriques. Mon corps divague, souple et déchaîné, parmi les clameurs de mon imagination. Cris de jouissance, débris de phrases anciennes remémorées : ces fantasmagories provoquent un jet puissant d'éjaculat qui jaillit avant la fin de l'orgasme.

La lumière vibre dans mon con ; mon cœur ne bat plus régulièrement ; mon clitoris et mes nymphes sont gonflés : je les vois poindre, énormes, entre mes poils.

Je photographie la flaque au sol. L'éjaculat fuit sous un meuble, imbibant, au hasard de sa trajectoire, une éponge bleue de ménage. Je sens, aux tremblements avides de mon clitoris affamé, que je pourrais encore éjaculer, mais cela me plongerait dans un tel état d'épuisement que je préfère m'arrêter.

Je veux trois notes retentissantes : trois orgasmes vaginaux profonds. C'est une journée pluvieuse. Je n'ai pas soulevé les rideaux, mais je l'entends au roulement des voitures dans la rue. Je commencerai ma matinée par ces trois bouleversements. J'atterrirai dans un jour lumineux.

J'ai cinq orgasmes. Je me lève du lit, éblouie et momentanément sourde. Les voisins restent près des murs et des choses.

Au premier orgasme, la note vaginale détonne par rapport à celle du clitoris. Ce léger intervalle en fait un orgasme clitoridien puissant dont le vagin recueille les dernières secousses.

Les trois orgasmes suivants m'abattent. Je plonge de force dans le demi-sommeil, molle sur mon oreiller. Pourtant...

Au cinquième orgasme, mon sexe vibre puissamment. Mon corps se soulève dans une note prolongée de plaisir. Je retombe, satisfaite, sur le matelas fleuri.

Je reviens au pataugement primitif de mes doigts dans mes fluides. Je crie sans pouvoir me retenir, sortant malgré moi du fantasme, lacérant avec lui le silence cendré dans lequel je baignais. Les murs tressaillent. J'invente qu'ils s'abattent avec la poussière, le plâtras et les fracas de la charpente. Je me ressaisis.

Le second orgasme semble démultiplié, faisant vibrer mon clitoris et autre chose de superposé, un plaisir ailleurs. Je ne le situe plus, seulement deux vibrations se répondant ; un accord prolongé par deux notes distinctes.

Au troisième orgasme, mon vagin s'ouvre prodigieusement. L'objet file dans l'opulent sillage des plaisirs précédents.

Les deux orgasmes suivants magnifient mes profondeurs.

Le dernier est plus lent à venir. L'objet traverse des terres gelées, s'enlise dans du blanc, là où le plaisir est mort. Je cherche désespérément un point de jouissance aiguë. Je découvre une zone dangereuse. Je psalmodie : « C'est là, c'est là », ma voix prise d'un tremblement incontrôlable, œuvrant dans sa chrysalide, prête à dévorer mon sexe. Cette zone, je la vois noire, ma nuit opaque, puis l'orgasme se propage dans tout mon corps.

Je mets une serviette sur le drap blanc, au cas où j'éjaculerais. Je veux des draps toujours vierges. Je dois pouvoir quitter le plaisir quand je veux. Lui être fidèle, puis m'en détacher. M'endormir seule, sans trace et sans mémoire.

Le premier orgasme dure quarante-trois secondes. C'est une jouissance sur une seule note qui fait vibrer si violemment mon clitoris que mes yeux chavirent et, alors, je commence à compter dans ce vertige orgasmique que je crois pouvoir prolonger indéfiniment, puis il y a un relâchement brutal, un trou noir ravissant mes jambes et mes pieds.

Au second orgasme, la même note onctueuse perdure sur mon gland clitoridien. Je me dis que je mourrai ou que je me contracterai de plaisir. Mon cœur bat de moins en moins fort, puis l'orgasme cesse brutalement. C'est une décharge mécanique, un survoltage.

Ce matin, j'ai mes règles. Je n'ai ni désir ni répulsion à une provocation spontanée du plaisir. Je me souviens d'H., d'un désir bandant, exacerbé, hissé au milieu du rouge. Cela montait toujours, violemment, durant les règles. La pensée d'introduire un quelconque objet dans mon corps lorsqu'il saigne m'est pénible. L'ouverture se referme comme une blessure et il est inutile de la chercher : elle se dérobe.

AVRIL

J'ai taché ma petite culotte fleurie durant l'après-midi. Le sang a traversé ma serviette en chanvre. Dans mon lit, mes doigts se servant de mes grandes lèvres comme de gants pour pétrir vigoureusement mon clitoris sans le toucher, j'ai un premier orgasme. Le second me fait convulser et crier. Mon sexe rugit. J'étais impatiente de revenir à mes orgasmes. C'est fait, du bout des doigts.

Dans la chambre flotte un sinueux parfum de rouge et de blanc emmêlés. Fraîcheur de ma cyprine neuve et mémoire de mon sang, à fleur de poils. Le sang imprègne encore mon sexe. C'est une odeur charnelle.

L'éjaculat, dans la vieille couverture, exhale de fauves relents d'urine. L'odeur blanche, orageuse, émane de ma cyprine.

Dehors, il pleut. La nuit est calme. Les voisins remuent avec mes cris, puis se rendorment. La ville, exsangue derrière mes murs, sommeille pendant que je me hisse à la cime du plaisir. L'orgasme roule, mort, écimé, au chevet du silence.

J'erre un temps dans mon néant. Je saisis une note plane et ne cesse de doper mon sexe de sa calme euphorie. J'appréhende le fantasme qui viendra déchirer ma chrysalide de son silex aigu et chasse toute image visitant mon esprit. L'orgasme arrive, avec sa chute de lumière violente, d'un jaune liquide sous mes paupières.

Des frissons dans mes bras et mes jambes augurent l'orage. Je rejette les couvertures. Je revois nos draps de jadis avec leurs relents qui restaient prisonniers de la chambre. Mon odeur et mes fluides sont des peaux dont je me dépouille avec l'orgasme.

Je jouis pour m'affranchir de la lourde mémoire du plaisir. Si elle s'exprime par couches, je jouis successivement jusqu'à me dénuder presque entièrement. C'est une fougue inutile car, malgré ces fuites du corps, la mémoire me rive toujours au temps. Aujourd'hui, je sens que la mémoire est mon désastre le plus précieux.

Mon corps se contracte. Je crie. L'éjaculat ruisselle le long de mes fesses. Je suis émue. Une larme exubérante roule sur ma joue.

Dans le noir, je ne distingue pas mes fluides et me demande si mon sang menstruel s'est tari. Mes mains exhalent une vague fragrance de fleur d'oranger qui me rappelle mes vingt-deux ans. Tant de souvenirs immuables me rattachent à la Bretagne.

J'ai cinq orgasmes. J'ai chaque fois en tête l'image d'une fontaine avant d'éjaculer. Je m'arrête lorsque des frissons désagréables se propagent dans mon dos, recouvrant mes épaules d'un châle d'inconfort.

Le plaisir m'emmure dans le tombeau des paupières closes. J'ai en tête l'image d'une fleur noire, éclose dans mon con. Je me demande si je m'endormirai ou si je m'évanouirai.

J'ai subitement l'impression de flotter. Je pousse un petit cri, mais l'orgasme se déroule dans beaucoup de silence.

J'ai envie d'uriner. La lumière s'étiole dans mon clitoris. Je ne sens plus mon sexe, ce qui me plonge dans un bien-être absolu.

Je hume mes doigts que j'ai léchés intuitivement. De leur pulpe se détachent des notes florales, au parfum diaphane.

J'ai trois orgasmes. Le premier dure cinquante-six secondes. Un seul doigt bourdonnant autour de mon clitoris a la sagacité d'un essaim éclatant.

Mon corps se contracte, ébloui, recourbé vers l'avant. Un cri coule, telle une plainte profane, dans l'eau calme de ma jouissance, ridant le temps qui s'écoule, en nappes mortes, au pied du lit.

Je sors de la douche. Je ne sèche pas ma peau. Mes longs cheveux mouillés ondulent dans mon dos. Je les rejette à l'arrière de ma tête pour ne pas ressentir leurs pointes glacées sur mes seins. Je jouis trois fois. Le dernier orgasme est si puissant que, d'allongée, je me retrouve assise sur le matelas.

Mon corps se convulse férocement au premier orgasme qui dure une minute treize secondes. Je visualise des cercles concentriques. Mes contractions s'accumulent, gagnant en puissance, jusqu'au relâchement fulgurant.

Le second orgasme arrive dans le lit comme une lumière subite, blanche. Disparue. Un aveuglement.

Le troisième est inhabituel. Je suis attirée par une odeur familière enfouie sous les draps, lointaine, et qui jadis participait du paysage olfactif de mon plaisir avec H. L'odeur de ma cyprine et de mon haleine emmêlées, convoquant celle d'H., est asphyxiante et fait monter mon désir. Les draps embrumés, pollués d'images, exsudent violemment sa mémoire. Je m'enferme dans cette chrysalide de parfums, la soulevant parfois furtivement

pour priser des bouffées d'air froid,
replongeant immédiatement dans son ventre.

Je prononce le nom d'H. en boucle et mon con épanouit mes lèvres, telle la corolle vibrante et fantasque d'une fleur surréelle, bien que le plaisir origine de mon clitoris.

Je visualise du mauve dans mon vagin de plus en plus souple, visqueux et tendre. Il s'ouvre vertigineusement vers le centre et mon corps, brusquement, se soulève du matelas à quatre-vingt-dix degrés.

Je hume ma cyprine. Elle est si fraîche et si voluptueuse que j'orgasmerais encore. J'attends le goût d'une pluie d'été. Même sur mes doigts, après l'avoir léchée, l'odeur limpide ne tourne pas.

Après mes orgasmes, je suis léthargique, submergée par un désir de sommeil. Je suis prisonnière d'un temps alangui, sanguinolent, sur sa planche de marbre blanc.

MAI

Chacun de mes cinq orgasmes, par sa fulgurance, ramène mon corps vers l'avant, mes jambes s'écartant machinalement dans leur signe habituel d'impudeur. Comme toujours, le soleil filtrant à travers les rideaux, le bruit du réfrigérateur, le roulement des voitures dans la rue reviennent après le plaisir.

Je jouis en éjaculant férocement, mon corps fléchissant vers l'avant. Je trouve plus excitant de venir directement dans les draps. L'orgasme laisse une auréole moite sur le lin blanc, comme jadis avec H.

J'éteins la lumière. Je dépose une serviette à mains blanche sur le halo d'éjaculat. Mon sommeil est la veuve noire du plaisir, dévorant le temps, indifférente à cette mort de la jouissance arrivée après l'orgasme. Je tourne le dos aux crocs de lumière. Je me couche sur de l'ombre, dans les ténèbres décharnées de la nuit.

Le quatrième orgasme me plonge dans une léthargie sidérante. Je me réveille après vingt minutes et ne me lève qu'une heure plus tard, anémiée. J'ai l'habitude, les jours où je ne travaille pas, de laisser errer le plaisir, le ventre vide.

Je mets du Janis Joplin très fort. Je pense à S. qui veut repousser ses limites en multipliant les drogues. Depuis son départ, je souhaite tout autant me surpasser.

Au cinquième orgasme, je suis contentée. Au sixième, je ne sens plus mes jambes.

Mon corps est engourdi, mes jambes me brûlent, mes pieds sont envahis de picotements, ma vision est brouillée.

À la fin des septième et huitième orgasmes, je fracasse le silence avec deux sacres retentissants. Jamais je n'ai éprouvé un tel ravissement dans mon vagin. J'ai en tête l'image de mon sexe se contractant autour d'une barre de lumière.

Je suis high. Mon con baigne dans une aura orgasmique intense.

Au neuvième orgasme, je suis plongée dans une inertie de petite mort.

Mes cris sont de plus en plus bruyants, aigus et incontrôlables. Je suis inondée de sueur, ma bouche prisonnière de mon oreiller. Je dois me dépayser, pousser toujours plus loin avec l'objet. Tous les points du plaisir se répondent.

Le dixième orgasme est presque douloureux. Mes larmes ruissellent, mes oreilles se bouchent.

Je prends une douche. Mes grandes lèvres saillent distinctement sous ma main. Mes orgasmes n'ont connu aucun horizon, seulement ce chiffre aléatoire : dix.

Au troisième orgasme, la lumière vacille, incertaine, partout où elle erre dans mon vagin. Elle se démultiplie. Je crie.

Au quatrième, mon corps se contracte. La chambre s'illumine. La nuit revient brutalement et, avec elle, le noir dans lequel j'étais plongée. L'objet échoue dans ma catalogne.

Au cinquième, une douleur térébrante au cœur me cloue passagèrement aux draps.

La chambre exhale une odeur de maïs, comme celle que dégageait H. après son plaisir. H., dont je ne peux jamais tout à fait me détacher, même si je suis désormais seule. J'attends mon plaisir dans la solitude. J'attends mon seul plaisir, à la fois délivrée de la nostalgie et immergée dans sa substance par les parfums et les sensations.

Après H., il y a ma mémoire. Je m'aguerris.

Après H., il y a des dialogues fugitifs d'une nuit, voulus ainsi, avec des êtres quittés le lendemain, mon sexe revenant vers le jour lumineux de cette dialectique de l'autre et de la solitude.

Après H., il y a mes orgasmes. Insatiables. Intarissables. Impérissables. Détachés du plaisir. Flottant sur leur îlot... Des entités momentanément infrangibles. Or, succédant à ces instants d'absolu, ma main, invariablement fébrile et féconde, trace encore les mêmes cercles voluptueux, du sexe au texte : je m'écris, après mes cris ; oui, je m'écris !

JUIN

Ce n'est pas fini. Je voudrais en finir, tracer un trait, pourtant j'écris comme je jouis : sans issue et sans horizon.

Le second orgasme se cristallise dans un cri guttural qui aiguise mes fantasmes. Je me détache de mon cri. Je pleure, le corps convulsé, je suis bruyante.

Au troisième, une auréole noire recouvre mes pieds. Je frissonne, je jouis et m'affale dans les draps.

Au quatrième, j'expulse l'objet et, jambes écartées, fais saillir un jet vigoureux qui ruisselle sous mon corps. Une onde de lumière calme comble mon vagin, au passage de l'objet ressorti.

En éjaculant, au cinquième, je suis subjuguée par des visions iridescentes.

Je m'endors. Je sombre, par degrés inéluctables, dans l'abîme indifférent du sommeil.

Huit orgasmes m'éblouissent comme huit oracles, mon corps se soulevant du matelas, secoué par des convulsions féroces. J'ourle les second et sixième de deux sacres proférés malgré moi.

Au septième, je retiens l'éjaculat : implosion violente. Le soleil reflue.

Au dernier, j'éjacule prématurément, faisant naître avec cette mort une morne insatisfaction.

AOÛT

Ma pudeur impose un plaisir délayé dans l'eau. Je suis de plus en plus impatiente au milieu de mes règles. Je prends un bain.

J'introduis l'objet en moi : c'est désagréable, mais je m'accoutume rapidement à sa présence et il se perd dans ma nuit.

Je bâillonne mes cris. Je contemple la tombe des murs anthracite qui m'entourent. Un cri, plusieurs cris, fracasseraient mon intimité. Je ne veux d'aucun désir extérieur greffé insidieusement au plaisir.

Au troisième orgasme, mon corps ondule sous l'effet de quatre contractions rapides, libérées dans mon vagin, tels quatre anneaux violets. J'entends en même temps le bruit saccadé de mon coccyx heurtant le fond de la baignoire. Les illuminations pâlissent.

J'expulse lentement l'objet. Je suis satisfaite. L'eau tiède ne porte aucune mémoire de mon sang. Je regrette déjà, en aval du plaisir, ce sillage fantasmatique de rouge, perdu dans la clarté de l'eau.

Je place un miroir entre mes jambes. Je vois l'éjaculat ruisseler le long de ma fente. J'aurais voulu qu'il éclabousse la vitre.

Mes oreilles se bouchent, puis bourdonnent. Mes yeux regardent dans le vide. Les phosphènes voltigent.

Ma robe à fleurs est inondée. Je poursuivrais, mais j'ai vu comment s'est faite ma jouissance et ainsi assouvi ce fantasme ordinaire.

SEPTEMBRE

Je n'ai pratiquement rien écrit durant les derniers mois. Rien du tout en juillet. Depuis que mes orgasmes se succèdent et se confondent dans une indéfectible mélopée, je trouve redondant de les retranscrire. Comme si, aussi, l'expérience post-éjaculatoire de mon corps se traduisait à mon écriture qui s'épuise, à bout de souffle, à force d'expulser des mots sur la page.

Je fais ce constat après être venue plusieurs fois dans la douche, sublimement, l'éjaculat s'étant perdu dans l'eau, avec mon sexe pleinement gonflé, ayant la rondeur d'un fruit mûr sous ma main. Je reste coite, souriante et béate, avec ces sensations lumineuses dans mon con. Je ne suis plus dans l'étonnement, mais dans l'extase de toutes les possibilités de mon corps.

J'ai plus d'une quinzaine d'orgasmes. Mon clitoris devient subitement le point halluciné de mon monde. Je suis seulement limitée par mon cœur qui s'essouffle, qui n'en peut plus.

Je ressens la petite mort tant pressentie : je suis dévastée. Mon corps se crispe malgré moi dans un cri continu. La douleur se propage jusqu'à mon visage et le recouvre d'un masque mortuaire. J'ai peur. J'ignore si mon cœur a cessé de battre. Je ne sens plus rien.

NOVEMBRE

Une chose souveraine, mystérieuse et retentissante se cristallise dans mon con. Je contracte follement mes jambes, je supprime l'entrecuisse ; mon sexe s'enténèbre. L'orgasme blanchit dans un étau. Je crie. J'entends un léger craquement dans ma nuque au moment où mon corps se soulève avec l'orgasme. Le cri se prolonge en un chuchotement saccadé, ma voix raclant des débris de plaisir. Je fornique, rageusement, dans mes cendres.

Je ne sais plus exactement à quel moment j'ai ravi ma forteresse intérieure, mais je me suis moi-même apprivoisée. Un jour, j'ai eu ce corps à corps primitif. Puis, récemment, mon corps s'est ouvert à une chose infiniment plus vaste et extraordinaire : la plénitude. C'est par le biais de ce choc-là, plaisant, que je me suis dépouillée définitivement de mon mur. Mon esprit fleurissait, ouvrant mon corps de l'intérieur, éclos à ces sensations singulières.

Cette force a toujours été là en moi, palpable, pensable mais longtemps insondable. Reconnaître ce que mon corps désire et refuse, ce n'est pas éluder, c'est me saisir et me maîtriser.

Je resserre mes jambes en cadence jusqu'à ce que sourde l'orgasme, mon sexe en transe, subjugué. J'œuvre avec concentration pour que le modelage de lumière se fasse ressentir loin en moi. Je veux jouir profondément, sans toucher mon clitoris ou pénétrer mon vagin. Je mets mes mains sur mes seins. Les mamelons sont lisses et endormis. Ils restent muets, étales. Mes seins ne m'émeuvent pas.

L'orgasme éclate. Je suis secouée d'un spasme fulgurant, je fais du bruit en jouissant, referme mon poing droit crispé, vois un soleil noir aveuglant, ramène mon corps vers l'avant, puis je retombe, très faible, très molle et très fragile dans le lit avec du verre dans les paupières et un corps alangui, éprouvant un désir morbide de sommeil.

Je réfléchis en écoutant le bruit de la pluie dehors. J'ai eu plusieurs histoires depuis l'évènement. Hors du lit, hors du livre. Je réserve ces lieux pour mon plaisir. Plaisir solitaire ? Plaisir mien. Je jouis sans pudeur du lieu miraculeux de ma solitude.

TOUJOURS DES ORGASMES de plus en plus intenses, profonds, mystiques. Des jupes mouillées, des sous-vêtements inondés. D'autres soupirs, d'autres cris, d'autres ahurissements. Des flaques sur les chaises, l'objet déserté, mon corps livré à ses rythmes intrinsèques. D'autres parfums, d'autres offrandes, d'autres épiphanies.

Toujours, aussi, cette proximité avec la mort, ces visions sidérantes. Je voudrais clore mon texte, rhabiller l'écriture, comme si elle pouvait cesser de jouir, se lever.

Je fais coïncider la fin de mon journal avec l'anniversaire de S., ramenant cet amour par-delà mon plaisir, près du lieu où dort H. Je me couche, étriquée, entre deux mémoires. Et je bande encore de ne plus écrire, soulevant, étreignant le sexe du silence pour qu'il meure, lui aussi, avec du blanc déversé sur la page...

L'ARMOR-NUIT

UNE ANNÉE PASSA. Je rêvais de plus en plus à la mer bretonne pendant que les érables, au Québec, m'incendiaient. Feuilles rassises dans la lumière bientôt tomberaient des arbres échevelés, vieilles loques séchées pourrissant dans la boue. Ma mémoire était une traîtresse. J'avais vainement tenté de m'en décharger, quatre saisons durant, dans le plaisir. J'avais cru à sa mort dans ma jouissance. Hélas, le souvenir d'H. me hantait encore. Toujours, en quelque lieu imprévisible, son visage réémergeait, indomptable, me dominant. Ses deux yeux flamboyants et sombres exerçaient sur mon esprit courroucé une inaltérable fascination. Je devais impérativement revoir H., face à face, au risque d'échouer sur des rives irréméables.

Nous avions convenu de nous rencontrer à Dinard, à dix-neuf heures, sur la plage de l'Écluse. H. m'attendrait sur la digue, près de la statue d'Hitchcock. Je me retrouvais. Je portais un chapeau à fleurs criardes et un coupe-vent bleu ciel. Je chantais, je dansais, je montais sur les bordures.

J'arrivai par le stationnement, fébrile et affolée. H. regardait la mer, imperturbablement. Je lui fis un grand signe de la main. Nous nous embrassâmes timidement. H. portait une fine écharpe de camaïeu bleu et un tricot écru sous un coupe-vent bleu marin. Je reconnaissais le vêtement que ses parents lui avaient acheté pour faire du rafting dans les rapides de Lachine. Les cheveux joliment coupés, une certaine largeur d'épaules témoignant d'une assurance nouvelle : je lui trouvais l'air raffiné et élégant. Son linge exhalait un parfum de lessive bleuâtre, fade et suave, qui raviva en moi son ancienne demeure et notre premier été.

Comme je craignais de prendre froid, nous fîmes escale à mon hôtel pour récupérer un chandail. Nous pénétrâmes dans un couloir humide qui sentait le moisi. Dans la cage de l'ascenseur, nos regards trop vifs, trop amoureux encore, déviaient, piégés par les miroirs.

Nous devions aller dîner dans une crêperie de Saint-Enogat. H. proposa de nous y rendre en longeant la mer. Il faisait encore jour, le ciel était pastel avec quelques nuages rosâtres suspendus au-dessus d'une eau turquoise. À l'est s'étendait la magnifique pointe du

Moulinet avec ses villas et sa végétation luxuriante. Au-delà, Saint-Malo où pointaient quelques voiliers blancs.

Nous prîmes la digue. Les vagues nous éclaboussaient sauvagement, recouvrant le béton de flaques miroitantes. Le jour diminuait au fur et à mesure que nous avancions. Je regardais la lumière vannée, déclinante, s'engouffrer dans la mer.

La nuit tombait. J'étais époustouflée par la force des vagues qui venaient s'écraser continuellement à notre hauteur. Le flux nous rattrapait, bleuissant, déchaîné. Nous étions dans les derniers mètres. La mer nous aspergea subitement. Nous eûmes de l'eau froide jusqu'aux cuisses. Mes vêtements humides me piquaient désagréablement et gâchaient mon humeur.

Au-dessus de la plage, de superbes nuages de plomb se profilaient dans un ciel strié de bleus et de roses crus. Le couchant déchiquetait les dernières lueurs du jour. Nous traversâmes la plage et empruntâmes de petites rues. Combien j'avais jadis aimé ces nuits pleines, tièdes et allègres où nous avions déambulé, main dans la main, dans la ville endormie.

Nous dînâmes dans le coin d'une crêperie tranquille aux lumières tamisées. Je voulus prolonger la soirée et proposai, à notre retour, de regarder les feux. Jadis nous avions couru sur cette même plage en dansant et en chantant *La Foule*. Quelle rêverie m'asphyxiait, tremblotante, si près d'H. ? Je contemplais notre avenir : deux ombres oblongues dessinées sur le sable, pudiquement parallèles, à jamais désunies.

•

Ce fut le moment des adieux. H. hésita, me fit un superficiel signe de la main. Nous nous rapprochâmes. Je l'étreignis. Son corps fila d'entre mes mains comme un cadavre. Ses bras seront-ils toujours ces deux morts qui retombent, inertes, le long de son corps flasque ?

La mer, l'amour et la mort se métissèrent de nuit.

Ne voilà-t-il pas qu'à nouveau je perdais H. parce que je m'étais retournée sur notre passé ! Cette âme ne m'aimait désormais plus que d'une sereine amitié. Ce qui me transperçait dans le flamboiement magnifique de l'*Armor-nuit*, c'était le reflet mort, déshabité, de ses deux yeux indifférents.

J'avais tué H.

Je contemplais pour ma perte et à perte de vue ce paysage tu et ce visage désamouré. Le casino, avec ses lueurs rouges, émondait l'horizon traversé par des éclats de topaze. La ville, incendiée par notre feue passion, immolait ma mémoire.

Cependant, l'enfer s'éclaircit. La nuit redevint la nuit, la mer la mer et moi, l'immuable poétesse. Il était inutile d'exhumer les plages où nous avions dansé, et nos chansons et notre gaîté. Seuls les feux, fidèles à eux-mêmes, dansaient encore.

J'avais le pouvoir de regarder au-delà, au-delà de la nuit, au-delà de notre tombeau. H. s'évanouissait dans l'arrière-fond. Le visage d'H., mon amour pour H., mon plaisir avec H. Tout cela mort dans une étreinte.

La mer, sublime, gazeuse, roulait sa houle sémillante sur la plage de sable fin. Je regardais, avec nostalgie, les lampadaires verdâtres qui réverbéraient mélancoliquement du côté de la Malouine. Halos luminescents, orbes solennisés, maculant l'horizon de tant de visions anéanties. J'étais triste, mais peu importait. Il me restait encore un pan de ciel automnal, d'un bleu jovial, tendu de l'autre côté de l'Atlantique.

DANS LA MÊME COLLECTION
FICTIONS

BOUCHARD, Mylène, *Ma guerre sera avec toi*, 2006
BOUCHARD, Mylène, *La garçonnière*, 2009 ; 2013 ; 2020
BOUCHARD, Mylène, *Ciel mon mari*, 2013
BOUCHARD, Mylène, *L'imparfaite amitié*, 2018
BOUCHARD, Sophie, *Cookie*, 2008
BOUCHARD, Sophie, *Les bouteilles*, 2010
BOUCHET, David, *Soleil*, 2015
CANTY, Daniel, *Wigrum*, 2011
CARON, Jean-François, *Nos échoueries*, 2010
CARON, Jean-François, *Rose Brouillard, le film*, 2012
CARON, Jean-François, *De bois debout*, 2017
D., Louise-Amada, *Au temps sublime*, 2022
DECHAMPLAIN, Virginie, *Les falaises*, 2020
DESJARDINS, Antoine, *Indice des feux*, 2021
DESCHÊNES, Marjolaine, *Fleurs au fusil*, 2013
DROUIN, Marisol, *Quai 31*, 2011
GAGNÉ, Mireille, *Le lièvre d'Amérique*, 2020
GUAY-POLIQUIN, Christian, *Les ombres filantes*, 2021
KAWCZAK, Paul, *Ténèbre*, 2020
LAVERDURE, Bertrand, *Bureau universel des copyrights*, 2011
LAVERDURE, Bertrand, *La chambre Neptune*, 2016

LEBLANC, Suzanne, *La maison à penser de P.*, 2010

LÉTOURNEAU, Sophie, *Chasse à l'homme*, 2020

LÉVEILLÉ-TRUDEL, Juliana, *Nirliit*, 2018

MARCOUX-CHABOT, Gabriel, *La Scouine*, 2018

Mc CABE, Alexandre, *Chez la Reine*, 2014

Mc CABE, Alexandre, *Une vie neuve*, 2017

NASRALLAH, Dimitri, *Niko*, 2018
(traduit de l'anglais par Daniel Grenier)

NASRALLAH, Dimitri, *Les Bleed*, 2019
(traduit de l'anglais par Daniel Grenier)

TANNAHILL, Jordan, *Liminal*, 2019
(traduit de l'anglais par Mélissa Verreault)

THÉORET, France, *Les querelleurs,* 2018

TREMBLAY, Larry, *Tableau final de l'amour,* 2021

TUCKER, Aaron, *Oppenheimer*, 2020
(traduit de l'anglais par Rachel Martinez)

VERREAULT, Mélissa, *Voyage léger*, 2011

VERREAULT, Mélissa, *Point d'équilibre*, 2012

VERREAULT, Mélissa, *L'angoisse du poisson rouge*, 2014

VERREAULT, Mélissa, *Les voies de la disparition,* 2016

VILLENEUVE, Mathieu, *Borealium tremens*, 2017

La Peuplade a été fondée
par Mylène Bouchard
& Simon Philippe Turcot.

Design graphique et mise en page
Atelier Mille Mille

Direction littéraire
Mylène Bouchard

Édition
Mylène Bouchard & Paul Kawczak

Révision linguistique
Pierrette Tostivint

Correction d'épreuves
Marc-Antoine Gilbert

•

Illustration en couverture
Mariery Young

Au temps sublime a été mis en page en Lyon,
caractère dessiné par Kai Bernau
en 2009 et en Din Next, caractère dessiné
par Akira Kobayashi en 2009.

Achevé d'imprimer en France
par CPI en novembre 2021.

No. d'impression : 2060140